별이 트다

문학창작동인 '인터' 소설 · 시 선집

별이 뜨다

초판 1쇄 인쇄   2010년 09월 07일

초판 1쇄 발행   2010년 09월 14일

지은이 | 엄가람, 전석준, 배연수, 원은재, 임장명,
　　　　 윤지민, 이창희, 손하늘, 김형국, 윤희상

펴낸이 | 손형국

펴낸곳 | (주)에세이퍼블리싱

출판등록 | 2004. 12. 1(제315-2008-022호)

주소 | 157-857 서울특별시 강서구 방화3동 316-3 한국계량계측회관 102호

홈페이지 | www.book.co.kr

전화번호 | (02)3159-9638~40

팩스 | (02)3159-9637

ISBN 978-89-6023-419-2 03810

문학창작동인 '인터' 소설·시 선집

별이 트다

지은이

엄가람

전석준

배연수

원은재

임장명

윤지민

이창희

손하늘

김형국

윤희상

ESSAY

서 문

　안녕하세요, 인터 동아리장 윤희상입니다. 아름다웠던 봄을 거쳐 신록의 향기가 물씬 풍기는 여름이 찾아오고 있네요. 자연만물이 조금씩 커갈 때, 우리 인터 동아리도 조금씩 성장하는 것을 느낍니다. 작년 겨울, 친구들의 원고를 하나하나 모아 애써 출판 준비를 끝내놓았지만 학교 예산을 비롯한 여러 가지 문제로 출판이 이루어지지 못했습니다. 하지만 일 년 동안 준비해왔던 시간이 너무 아까웠고, 조그마한 책 하나라도 추억으로 남기고 싶다는 소망이 간절해 우리끼리라도 출판을 시도해야겠다는 생각이 들었습니다. 너무 감사하게도 동아리 인원 중 한 명의 아버님께서 출판사와 연결해 주시고 금전적인 문제도 해결 되어 수정 작업을 거쳐 다시금 세상 앞에 저희만의 책을 내놓게 되었습니다.

　인터는 청심국제중학교 2기 때부터 있었던 문학 및 예술 창작 동아리입니다. 비록 저는 중학교 3기로 2년 째 동아리 장을 맡고 있지만, 역사와 뼈대를 갖춘 동아리에 대한 책임감을 쉽게 떨쳐버릴 수 없었습니다. 과거 인터를 이끌었던 여러 선배들과 지금 현재 청심국제고등학교에 진학하신 선배들에게도 이 책이 저와 저희 동아리의 역사와 책임을 담은 작은 선물로 봐주셨으면 하는 바램입니다. 작년, 무너져버린 인터를 재건하고 동아리장을 맡을 때, 과거의 만화와 소설을 병행하는 대규모 인터 동아리를 접고 신선하고 새로운 방향을 찾아야겠다는 생각이 절실히 들었습니다. 현재 저와 함께 하는 10명의 소규모 '한국 문학 창작' 동아리가 바로 그것이며, 아직까진 제가 정한 방향에 대해 후회는 없습니다.

인터는 'ㅅ터'이기도 합니다. 사람의 터, 그 사람의 본질, 한 사람의 가치를 따지는 동아리이기도 합니다. 그만큼 저는 인터 동아리의 10명 모두가 소중하고 가치 있는 사람이라고 생각합니다. 단순히 문학적 재질이 뛰어난 것이 아니라 글을 쓰고자 하는 열정과 자신만의 작품을 만들어내는 창조력이 뛰어난 것입니다. 이 책은 그런 우리들의 땀이 섞인, 오래도록 갈망해 왔던 작업이라고 할 수 있을 것입니다. 작년부터 내내 불평불만 하나 없이 출판 계획에 따라 주고, 끝없는 수정 작업과 몇 번의 출판 연장으로 고생하고 고민했던 인터 친구들에게 다시 한 번 감사의 말을 전하고 싶습니다.

마지막으로 절망해 있던 동아리 책 출판 계획을 다시 한 번 일으켜 세워 주신 부모님들과 이 책의 출판을 응원해준 모든 친구들, 선후배들에게 감사의 말을 드리며 이 책이 심심할 때의 말동무가 되어 주고, 지칠 때의 활력제가 되어 주고, 우울할 때 치료약이 될 수 있는, 모두의 행복과 모두의 즐거움이 되었으면 좋겠습니다. 앞으로의 인터도 많은 기대와 관심 부탁드립니다.

쨍쨍한 햇볕 아래서
2010년 6월 8일
윤희상 올림

1

그저 단물 빠진 풍선껌만은 되고 싶지 않은 / 엄가람

시

소설

세상의 중심에 홀로서다, 그리고 외로운 / 전석준

시

소설

2

똑! 똑! 똑! 노크는 꼭 세 번 / 배연수

3

은하수로 에스프레소 / 원은재

4

잉크에 굶주린 미개인 / 임장명

반짝이는 저 오래된 전구처럼 / 윤지민

7

초콜릿이 그리운 / 이창희

시

8

밤하늘에 별 하나 / 손하늘

시

소설

그저 단물 빠진
풍선껌만은
되고 싶지 않은

엄 가 람

첫번째 이야기

별

저

보오

별 하나가

하늘서 빛나려 애쓰오

조금씩 제 빛을 가려대는 밤의 소맷자락을

그저 하이얀 빛밖에는 없는 저 별이

저별이 애써 가르려 하오.

어둠으로 갈린 평원 너머로

오늘도 애처로이

별이　　　　지는데

그대는 지금 하늘이 아닌 어디를 보오?

시

나는 오늘도 그대를 찾으려

그대를 그려갑니다

아무 것도 모르는 종이 위에

새까만 흑연이 갈릴 때 즈음

그대는 떠나갑니다

바람처럼 샤프심 끝에 감돌았다 사라지고

나 홀로 남겨져

쓸쓸히 메말라갑니다

종이 더미 속 꽃이 나와 함께 말라갈 때면

차가운 종이 위엔

그대가 방문했던 순간의 흔적만

조용히 번져갑니다

雪星

면도날 겨울바람 구름을 조각내어
구름조각 눈송이가 바람결에 실려오네
거뭇거뭇 나뭇가지 깨뜨려진 하늘은
마음을 풀어놓은 듯 파랗기만 하도다

그 높이 새하얗게 빛나던 태양 빛은
저 멀리 벌거벗은 산 너머로 져버리고
음양의 조화 속에 어둠이 덮여버린
촘촘히 이어있는 밤 거미줄 진주 하나.

아직도 눈송이는 그칠 줄을 모르고
얼음 속에 갇힌 별은 제 고향을 올려봤네
지금은 갇혔으나 언젠간 풀려나리
그동안 제 몸 태워 하얗게 빛나리라

다른 별 모두 갇혀 어둠만이 있던 하늘
제 몸 태워 얼음 녹인 별이 하나 있었더라
차가운 사람 마음 붙잡아준 별빛 하나
보았던 다른 별들 하나 둘 제 몸 녹여
어둡던 밤하늘엔 환한 별만 남았더라.

유리새

가시에 긁혔지만
상처엔 아무 일도 일어나지 않네
피마저 투명해 홍조조차 띠지 않는
이 날개는 눈물처럼 투명한 유리

다른 새와 날고 싶어
페인트 통에 몇 번이나 몸을 던졌지
하지만 유리 새에게 남는 건
질시
그리고 깨질 듯 금 간 유리 깃털 위의
얼룩덜룩한 물감 색 눈물

언젠가 유리 새가
그 힘겨운 날갯짓을 끝내고
조용히 느티나무 가지에 잠들면
그 가슴 외로이 빛나네
달빛을 담고서

흰 나비와 아기

　빨간 양귀비 꽃 위의 흰 나비가 날개로 손뼉을 친다. 파닥파닥. 아기가 그 포동포동한 손으로 같이 손뼉을 친다. 짝짝. 아기의 꼬까신이 봄바람에 눈부시고 나비 가루가 먼지 속에서 하늘하늘 흔들린다. 나비가 날개로 또 손뼉을 친다. 파닥파닥. 아기가 손뼉을 치다가 나비를 향해 손을 뻗는다. 이리 와, 나랑 짝짜꿍 하자. 옹알이를 들었는지 못 들었는지 나비가 아기의 손에 닿다가도 이내 빨강 꽃잎 속으로 사라진다. 파닥파닥. 짝짝. 아기가 손뼉을 치다가 앙앙 운다. 우는 아기의 손엔 바람에 흩날릴 흰 나비 가루만 묻는다.

飛上

그대는 나를 보고,
어찌하여 날개를 받지 않느냐 했지요
살아서, 하늘 한 번 날지 않는다면
영원히 땅에서만 기어 다닐 것이냐 했었지요

하지만 그대여, 그대여,

뭐하러 그 귀찮게 크기만 한 날개를 달겠습니까
하늘을 보며 꾼
청색 꿈이 나의 날개건만

파란 하늘 위 검은 점 되어 더럽히지도 않고
파란 하늘을 더 가르지도, 가리지도 않고
난 파란 마음이 되어 저 하늘에 날아올라
그대가 날아도 알지 못할 하늘을 알았으니
날개가 나에게 있어 무엇이겠습니까

하지만 나
그때 하지 못한 이 말을
나대신 날아간 바람에만 실어 보냅니다

연가(戀歌)

스치는 바람결에
묻어나오는 꽃 내음,
봉오리가 살짝 벌어진 꽃
그 꽃잎은 파아란 여름 하늘에 물들겠지만서도
언젠가는 노을빛에 물들어 달과 함께 가겠지만서도,
나는 그대를 생각하며 가슴 설레겠지.
스치는 바람결
내 손에 묻어나오는 그대의 향기.

학생 R씨의 일일

오늘도 종은 울렸다. 과연 누구를 위해? 일어나지 못하는 학생들의 귀에 그 음악은 들릴 리가 없다고, R은 생각해본다. 다행히 R은 그 중 하나가 되지 않았다. 침대에서 미적거리다가도, 금세 쌓이고 쌓인 할 일들을 생각하고서 R은 일어난 것이었다. 아니, 어쩌면 그는 하나의 인간으로서 아침을 맞아 일어난 것일지도 모른다. 그 답은 저 하늘만 알 것이라고, R은 생각한다.

교복을 입다보면 어느 새 시계 바늘은 50분을 가리키고 있었다. 매정하게도 시간은 그저 흘러간 것이다. 마음속으로는 침대 위에 잠시만 누웠으면 하지만 할 수 없이 룸메이트와 함께 방을 나섰다. 누가 샤워하고 나와서 바로 썼던 건지 체온기에는 물이 묻은 듯하였다. R은 그 느낌이 싫었다. 귀에만 살짝 대고 화면에 나온 숫자들을 종이에 옮겨 썼다. 이런다고 해서 과연 밖에서 돌고 있는—아니, 돌고 있다고 들은—그 바이러스들의 공격에서 벗어날 수 있는지 R은 의심했다. 하지만 의심한다 해서 달라질 것은 없었다. 여러 번의 방법적 회의 끝에 도달할 수 있는 것은 진리가 아닌 불신뿐임을 R은 깨달았기에 의심을 멈추고 그저 순한 양처럼 가방을 메고 터벅터벅 룸메이트와 발을 맞춰 걸었다.

오던 길에 R은 어깨가 뻐근하였다. 손으로 굳은 어깻죽지를 만져보려 했으나 오늘 따라 손길엔 힘이 안 들어가는 것이었다. 그저 뭔가 주무르는 느낌. 빵 반죽의 느낌은 이런 것일까 R은 생각한다. 그렇다면 그 빵 반죽은 만져질 때 생각을 하는 것인가? 만약 그렇다면 구워질 때에는 고통을 느끼는 것인가? 그렇다면 그것을 빵 반죽이 살아있다 말할 수 있는가? 만약 그런 현상이 일어날 것이라 가정을 한다면 말이다. 아니, 생각해보면 빵 안에는 효모(이스트)가 들어갈 때가 있다. 그 이스트들은 자신의 할 일을 끝내고 구워지는 것인가? 그렇다면 그것은 또한 한 생명을 죽이는 것이 아닌가? 그렇다면 아무리 선량한 제빵사라 하여도 한 번 즈음은 살인을 저지르는 것이다. 아니, 어쩌면 모든 인간은 한 번씩 살인을 저지른다. 직접 손에 그 피를 묻힌 것이 아니라 하여도, 아니 인간이 아닌 생물체라 하여도, 한번쯤은 한 생명을 앗아가 보는 것이다. 의사도 그럴 것이고 저 길 위에 걸어 다니는 아이도 그럴 것이다. 순수하든 말든, 그 사람의 직업이 무엇이든. 자신도 수많은 생명을 앗아가 보았는가 R은 반성해본다. 진리의 빛에 가려진 어둠은 어두우리라.

　교실에 들어간다. 아이들이 있다. 손을 잡았더니 꽤나 따뜻했다. 좋았다. 하지만 그 와중에도 R의 머리는 끊임없는 생각을 하고 있었다. R은 그런 자신이 싫었다. 생각이 많아 보았자 좋은 것은 아무 것도 없는 것이었다고, R은 생각한다. 생각하면 안 된다, 생각하지 않으면 된다, 끊임없이 되뇌어 보지만 그것 또한 자신 머릿속의 생각이었던 것이다. 슬픈 모순이었다. 덜고 싶으나 덜 수 없는 개념들이여. 끝없이 걷다가 닿은 곳은 아침을 먹어야 할 의무를 지우는 듯한 급식실이다. 수없이 많은 말들이 오고 가는 급식실 안에서 나는 대화할 사람이 없어 홀로 메아리를 치는 것인가. R은 생각한다. 아니 자신과 대화한다. 대답 없는 것을 자신과의 대화라 부를 수 있다면. 그렇다면 그것은 대화라고 정의되는 것이겠지. R은 누군가와 진지한 대화를 하고 싶었다. 자신 안에 드는 끝없는 생각의 고리를 자를 수 없다면 그 고리를 쭉 늘여보리라. 그를 조금이라도 그의 마음속에서 멀리 벗어나게 해보리라 다짐했다. 그런 사람은 누가 있을까? R의 생각은 대부분 연결 고리가 터무니없는 것이라 이를 이해할 사람은 극소수일 것이고, 설령 있다 해도 그의 주위에는 없는 듯하였다. 있어도 R은 알아차리지 못 했을지도 모른다. R은 그런 사람이었다. 사람들 주위에 있으면서도 R은 고독하였다. 고독의 정의는 무엇인가. 아니, 이것을 고독이라 부를 수 있는가. 정신

적 고독이라 부르리라, R은 생각한다.

조회 시간. 저 앞의 선생님은 간단한 지시 사항들을 알려주고 있었으나 R의 머릿속에는 곧 닥쳐올 시험 생각만 뱅글뱅글 돌고 있었다. 듣고 있어도 듣는 것이 아니리라. 선생님은 대화를 하고 있다 믿고 있을 것이다. 그러나 반 아이들 중 태반은 교과서 안을 뚫어져라 보고 있고 그 중 반은 딴짓을 하고 있었다. 적어도 R의 눈이 관찰한 결과에 따르면 말이다. 그렇다면 그들은 앞에 있는 이의 말을 제대로 듣고 있지 않다는 것이다. 그렇다면 그것을 하나의 대화로, 커뮤니케이션이라 부를 수 있는가. 한 사람이 말하고 있는 동안 그 말은 다른 이 옆에 달린 귀 속으로 들어가 반대편으로 흘러나와 버린다면 그것을 대화라고 부를 수 있는가? 수학식을 풀다가 R은 자신의 생각에 빠져 허우적댔다. 생각의 뫼비우스를 빠져나올 방법은 한갓 인간일 뿐인 자신에게는 없는 듯싶었고 그것은 R 마음 속 깊이 자리 잡은 무한의 무력감과 좌절감의 근원이었을지 모른다. 하지만 탈옥을 결심하는 죄수와 같이 R은 계속 생각을 해본다. 그러다가 포기하고 수학식에 매진하기 시작한다.

1교시의 시작을 알리는 종이 울렸다. 저 종소리, 저 종소리는 사람을 미치게도 즐겁게도 만드는 신기한 존재라 R은 생각한다. 시작은 고통스럽고 끝은 행복하도다. 그것은 인생의 진리인가? 인간이 태어나는 것은 고통스럽다. 어머니의 편안한 세계에서 나오는 것은 고통이요 그로 인해 신생아는 운다. 그렇다, 인간의 시작은 고통이다. 그 아이가 자라 어른이 되어 저 밖으로 나가는 것은 고통스럽다. 학교라는 정해진 틀에 짜여 있다가 그 틀이 없는, 한 때 자신이 그리 갈망했었던 세상에 나가는 것은 고통이다. 갑자기 자신의 역할이 없어지고 자신 없이도 잘 돌아갈 그 세상을 보면 사람은 고통스러워진다. 하지만 그 세상에 익숙해지고 나서 또 다른 세계, 노화의 세계로 들어가는 것 또한 고통스럽다.

그러나 끝은 행복하다. 학교라는 그들만의 감옥에서 나왔을 때 자유의 감촉은 한 줄기 바람만큼 시원하고 주머니 속 자신을 잡아주는 손의 따스한 감촉만큼이나 따뜻하다. 인간이 운명이라는 굴레에서 벗어나는 순간, 죽음이라는 문을 열고 인생의 띠에서 걸어 나오는 순간은 두려움의 달콤함이다. 그러나 모든 이들은 죽음이라는 끝을 두려워한다. 그건 그 끝은 사후세계(라는 것이 정말로 있다면, R은 덧붙여 생각한다, 자신은 그런 것을 믿지 않는다고 R은 평소에 믿었기 때문이다)라는 또 다른 시작이기 때문일 것이다. 학교 졸업 후엔 자유의 산들바람은 매서운 눈바람이 되어 자신을 매몰차게 저 고통의 시작으로 몰아낸다. 그렇다면 결국 인간은 고통의 환희에서 벗어날 수 없는가? 모든 문제의 답은 어째서 수학 문제의 숫자들처럼 명확하지 않은가 R은 생각한다. 그렇다면 인생은 조금이나마 쉬워질 텐데. 아, 그러나 이런 세상에서도 그런 고통의 단계를 초월한 사람들은 있어왔다. 부처나 예수와 같은 이들. 그런 이들은 해탈의 경지, 신의 경지에 올라와 그 모든 번뇌에서 벗어나왔다. R은 종교를 믿지 않지만 그런 이들은 존경해왔다. 자신도 그럴 수 있다면, 하지만 R은 그런 일은 일어나지 않을 것이라는 것을 알고 있었고 그렇게 판단해왔다. R은 희망의 존재라는 것을 인정하면서도 부정해왔다. 자신에게 희망이 있을까 궁금해해왔다. 희망이라는 것이 있다면 조금이나마 도움이 될 텐데.

2교시, 3교시, 수 없이 지나가는 시간들. 끝없이 이어진 하루라는 끈을 맥없이 조각내는 것은 저 저주받을 종소리이다. 저 종소리, 저 종소리, R은 방송실로 뛰어가 저 종소리를 멈추고 싶은 욕망이 간절했다. 하지만 여느 때처럼 그 생각은 행동에 옮겨지지 못하였다. 생각을 행동에 옮길 수 있는 것은 미친 듯이 용감한 사람뿐이고, R은 평범한 사람도 아닌 나약한 존재였을 뿐이다. 적어도 R의 생각 속에서는 그러하였다.

점심시간이다. 사냥감을 쫓아 달려가는 야수와도 같이 아이들은 복도를 따라, 계단을 따라 달려간다. 오늘 점심은 무엇일까, 그것을 알아맞히는 것은 평범하고 자극 없는, 어찌 보면 우울한 R의 일상의 자그마한 유희였다. R의 예상은 적중한 적이 별로 없었다. 벗들은 말하였다. R의 예상의 정확한 반대가 될 음식이, 차라리 R이 예상한 음식보다 오늘의 메뉴에 더 가까울 것이라고. R은 동의하였다. 아니, 동의하는 척하였다. 사실 이 유희의 진실로 재미난 것은, 벗들이 자신의 말에 의해 속는 것을 보는 것이었다. R은 자신이 예상한 음식과 다른 음식 메뉴를 벗들에게 자신이 예상한 것으로 말하였다. 자신의 생각을 꿰뚫어 볼 리 없는 순진한 벗들은 R의 말이 진실로 R이 예상한 것인 줄 알고, "차라리 네가 말한 음식보다는 내가 예상한 음식이 더 맞겠다." "그러니까 말이야." 하면서 웃음을 터뜨리는 것이었다. 그럴 때면 R은 의미심장한 미소를 띠는 것이다.

R과 친구들이 급식실로 향하는 도중에도 수많은 이들이 그들을 스쳐갔다. 어째서인가? 점심시간에 나오는 음식은 어떤 음식인지를 막론하고 항상 그저 그런 맛 또는 형편없는 맛일 뿐, 좋은 맛은 거의 나오지 않았다. 또한 그 음식의 맛은 항상 바뀌지 않았다. 특출 나게 좋은 것도 아닌 음식에 어째서 저들은 그리 열광하는가? R은 이해할 수 없었다. 음식을 빨리 먹으면 좋은 게 있나.

하지만 어느새 R과 친구들은, 그들을 따라 달리고 있었다. 의미 없는 경쟁, 빨리 가서 먹기 위한 경쟁, 이해할 수 없는 경쟁이었지만 어느 샌가 R은 미묘한 재미를 느끼고 있었다.

도착하여 먹은 점심은 하고 많은 점심 중의 하나였다. 약간의 맛이라도 느낄 수 있었다면 좋았을 텐데 하고 R은 생각하였다. 급식에 대한 비판들은 끝없이 꼬리에 꼬리를 물고 찾아왔지만 지속되는 것은 밥이 자신의 입에서 식도로 넘어가는 찰나였고 덧없음은 우적우적 씹히는 덜 익은 김치였다. 풋풋했다. 김치들이 조금만 더 익었더라면, 하고 R은 생각했다. 김치를 항아리에 넣어서 조금 더 삭게 하는 것이 뭐 그리 어렵기에 급식실 사람들은 덜 익은 김치를 학생들에게 주는 것인가? 그 김치를 시작으로 친구들과 급식실 요리사의 요리 실력과 저 멀리 직원들이 사라졌다 돌아오는 문 너머 조리실에는 어떤 일들이 벌어나는 지에 대한 담론을 벌이던 R은, 문득 그 모든 생각에 대해 부끄러움을 느꼈다. 알지도 못하면서 지껄이던 R이야말로 진정 덜 익은 풋김치에 지나지 아니하였음을 그제야 깨달은 것이다. 나야말로 항아리 속에서 좀 더 삭아야 하는 생각들을 멋대로 뱉어내어 말로 포장해 내놓는 것 아닌가? 식판을 내고 올라가 교복을 태권도복으로 갈아입을 때에도, 그 후 느릿느릿 지나간 오후의 수업들 사이에도, R은 죄책감의 마수에 사로잡혀 헤어나지 못하고 있었다.

정신이 들었을 때 해는 이미 R을 비웃는 듯이 산 너머로 지고 있었다. 겨울이라 8, 9교시만 해도 벌써 노을이 지는 듯했다. 곧 있으면 저녁 시간이 될 것이고 R과 친구들은 저녁을 목구멍 너머로 삼키고 있을 것이었다. R은 그 애처롭도록 지겹게 반복되는 일상이 싫었다. R은 도피를 원했다. 끊임없이 자신을 쫓는 시계바늘에서 도망치고 싶었고, 그 후에도 자신에게 끈덕지게 달라붙을 그 수행평가와 시험들에서 벗어나고 싶었다. 정신은 끊임없이 도망자가 되기를 강요했다. 사실 R은 그런 자신의 정신에서도 벗어나고 싶어 했다.

조그마한 반항으로써 R은 저녁을 먹지 않았다. 수행평가 핑계를 대자 친구들은 납득하는 듯 했다.

기숙사 침대에 누워 R은 창밖의 수많은 사람들을 상상했다. 똑같은 일상 속에서 누군가의 표현대로 '박제가 되어가는' 수많은 천재들을 생각했다. 자신은 그러한 천재가 아니었다. 적어도 아니기를 바랐다. 평범한 사람으로서의 일상도 만만치 않지만 박제가 되는 것보단 나으려니 싶었다.

나의 메마른 가슴에 눈 녹은 물이라도 흡수가 될까? R은 생각했다.

R은 등을 곧추세우며 일어났다. 시간 낭비란 결국 자기 파멸의 길일 뿐일 게다. R은 공책을 펴고 수학 숙제를 하기 시작했다. 숫자들의 나열에서 그는 답을 찾고자 했다. 아무 의미 없는 그러한 일상 속에서 그가 의미를 찾고자 하듯이. 끊임없이 그는 샤프의 뾰족한 끝으로 종이를 파대기 시작했다. 숫자들이 쓰이고 지워지고 다시 쓰이기를 반복했다. R은 자신의 일상도 늘 그리 파헤치고 있다는 것을 알았을까.

어느덧 소등시간이 다가와 R의 방에 남은 전기를 모두 가져가버렸다. R은 뒤늦게 잠옷으로 갈아입고 침대에 누워 눈을 감았다. 적막. 어둠. 평온의 세계는 내일의 종소리로 다시 산산이 부서질 것이다. 결국 R은 뫼비우스의 띠에 갇혀버린 것이었다. 하지만

R은, 자신이 살아온 모든 날들이 내일도 다시 반복될 것을 생각하면서도 즐거이 잠으로 빠져들었다.

목도리 상담

　그녀의 목소리가, 아니 정확히 말하면 그녀의 목도리가 나의 상담소를 찾아온 것은 어느 쌀쌀한 겨울날이었다. 여느 때처럼 나는 코코아를 마시고 있었다. 사무실 앞 자판기의 300원짜리 싸구려 코코아였다. 사무실 안에는 가장 평범하고 지루한 모든 것들이 공존하고 있었다. 왱왱대는 히터 소리, 재깍대는 시계 바늘 소리 그리고 라디오에서 흘러나오는 그저 그런 사랑 노래와 흘러간 일상- 그게 나의 요즈음이었다. 난 단 물이 빠진 지 오래인 풍선껌을 하염없이 씹는 듯 하루를 겨우 넘기고 있었다.

　삐거덕 소리와 함께 내 생애 가장 화려한 목도리가 문을 열고 내 사무실에 들어오기 전까지는 말이다.

　그 신기한 광경을 보고 보통의 많은 사람들과 마찬가지로 난 내가 잘못 본 것 일거라 생각했다. 어떻게 목도리가 살아 움직이겠는가? 그 전에 어떻게 목도리가 스스로 문을 열겠는가? 난 분명 내가 먹고 있던 코코아가 내 뇌에 환각을 일으키게 할 만큼의 포도당을 공급한 것일 거라 생각했다. 그래서 그 목도리를 애써 외면하며 코코아를 탁자 위에 내려놓고 유행가를 흥얼거렸다. 어쨌든 음악은 뇌에서 잡념을 몰아내는 데 좋은 역할을 하니까. 그런데 목도리가 있는 쪽에서 여자 목소리가 들려왔다.

　"저기요, 여기 상담해주는 데 맞죠?"

　물론 상담은 해주는 데가 맞긴 할 거다. 사무실 앞에 쓰인 명패가 말하는 바로는 그렇다. 그런데 적어도 내가 아는 바로는 목도리가 찾아오라고 있는 곳은 아니다. 난 분명 명패에 '사람 상담소'라고 썼지 '목도리 상담소'라고 쓰지는 않았단 말이다. 하지만 불행히도 이 중 어느 한 마디도 내 입 밖으로 튀어나오진 않았다.

곧 당분과 카페인이 내 머리 속을 미친 듯이 휘저어놓기 시작했다. 우유에서 거품이 나오듯 잡념들이 솟아올라 내 머리 속을 꽉 채웠다. 그 동안 나의 불쌍한 뇌는 이 말도 안 되는 상황을 어떻게든 논리적으로 만들기 위해 위험할 정도로 돌아갔다. 내 머리 속에서 과열을 알리는 사이렌 소리가 울리기 직전에, 목도리가 다시 말을 하기 시작했다.

"아, 저기요. 저 안 보이세요?"

저기, 보인다고 생각하세요?

곧 또각, 또각 하고 구두 소리가 들리더니 목도리가 내 앞으로 다가왔다.

"신기하네…. 혹시 당신도 목도리만 보이는 거예요? 흠…. 기대랑 다른데…."

그리고 내 앞에 있는 의자에 털썩 사람이 앉는 소리가 들렸다. 소파가 누가 앉는 듯 푹 꺼졌지만 내 눈엔 그 외의 아무 것도 보이지 않았다. 아마 내 표정이 볼만했을 거다. 목도리는 계속 말을 했다.

"자, 일단 아무 말 하지 말아 주시고요. 뭐 목도리만 보인다면 그렇게 놀라는 건 당연하긴 한데, 어쨌든 일단 전 상담을 하러 온 사람이구요…. 왜 엄청나게 눈에 띄는 목도리가 여기 와서 말을 하고 있는 지는 묻지 말아주세요. 전 목도리가 아니라 사람이라서요. 정확히 말하면 저라는 생명체에서 유일하게 보이는 부분이 제가 하고 있는 목도리인 거긴 한데…."

그리고 그 와인색 목도리가 움직였다. 내 앞에 있는 '여자'(적어도 목소리로 봐서는 여자다) 가 목도리 술을 비비 꼬고 있는 듯했다. 일단 정신을 차리고 코코아를 뽑아다 주었다. 그리고 유행가가 흘러나오는 라디오를 껐다. 오랜만에 맞는 진짜 상담이었다.

목도리 술이 몇 번이나 비비 꼬아지고 코코아가 다 비워진 후에야—어떻게 목도리가 코코아를 먹느냐고 비판할 생각인 사람들을 위해 좀 더 자세히 묘사해주자면, 종이컵이 보이지 않는 손에 의해 위로 들려지고 그 안의 코코아가 사라져 종이컵 안이 텅 빈 후에야 그녀는 이야기를 시작했다.

"뭐, 보시다시피…. 저에게 남은 건 목도리밖에 없어요. 왠지는 잘 모르겠지만, 확실한 건 원래 이렇지는 않았다는 거예요. 전 사실 정말 평범한 사람이었답니다. 매우 평범했죠. 어쩌면 그게 문제의 시작이었을 수도 있겠네요. 뭐랄까…. 사람들한테 전 지하철에서 지나치는 행인 1과 같은 존재였어요. 난 너무 평범했고, 또 지루한 사람이었으니까. 난 그냥 '착한 애'에서 끝나는 아이였죠. 한번 친구들하고 얘기해보니까― 잠깐, 걔네들을 친구라 할 수 있나?"

순간의 정적.

"얘기했으면 나름 친구겠죠."

"뭐 어쨌든, 걔네들은 저를 보고 갈색이 떠오른다 했어요. 색 중에 가장 지루한, 그 갈색! 그걸 듣고 생각이 나는 게, 아, 난 이렇게 갈색 삶을 되는대로 살다가, 아무도 눈치 못 채는 사이에 죽겠구나, 하는 거. 그렇게 되는대로 흘러가서 묻혀가는 삶을 살겠구나― 그런 생각이 들더라구요."

흠, 그건 내가 살고 있는 삶인데.

"그러다 어느 날 동물원에 갔는데. 정말 아무 생각 없이 들어간 파충류 관에서 목도리 도마뱀을 봤어요. 그 화려한 목도리라니! 몸은 나처럼 지루한 갈색이었는데, 목에서 펼쳐지는 그 울긋불긋한 목도리는 유일하게 제 시선을 계속 사로잡았어요. 나도 그렇게 되고 싶다고, 저렇게 사람들의 시선을 꽉 잡고 싶다고 생각했고, 솔직히 꽉 잡아서 내 손때가 묻을 때까지 가지고 싶었어요. 그러다가… 갑자기 제가 너무 싫었어요. 왜 나는 다른 사람들보다 나은 건 하나도 없는 걸까, 하는 생각만 머릿속에 맴돌았고…. "

그렇게 동물원에서 나와 친구와 헤어져 길을 걷는데 갑자기 날씨가 추워지더라구요. 그때가 늦가을이니까 뭐 무리도 아니죠. 몸은 얼어가는데 걸친 건 카디건 한 장밖에 없고, 그렇다고 코트 사 입을 돈이 당장 있는 것도 아니고. 할 수 없이 참고 가야겠다 하는데 길거리 좌판에서 목도리를 파는 걸 봤어요. 지갑 안을 잘 뒤지니까 목도리 하나 살 만큼의 돈은 있다고. 목도리를 장만하기로 마음먹고 목도리를 고르다가 문득 목도리 도마뱀 생각이 났어요. 나도 그렇게 눈길을 끄는 무언가가 있으면 적어도 누가 날 눈치는 채 줄 수 있을 거라고 생각했죠. 그래서 정말, 정말 화려한 목도리를 샀어요. 그게 이 목도리였죠."

긴 침묵이 흘렀다. 우리 사이에는 히터 소리만 유난히 크게 울리고 있었다.

"이 목도리를 하고 다니니까 거리의 사람들이 절 계속 바라봤어요. 하긴, 이 목도리가 워낙 화려하니 안 보는 게 더 신기한 거겠죠. 이 목도리로 드디어 사람들은 절 기억하기 시작했어요. 얼마나 기뻤는지."

"근데, 그래 봤자 목도리로 기억하는 거 아닌가요?"

"그래서 뭐요? 난 사람들의 기억 속에서 나를 찾고 싶었을 뿐인걸요. 내가 목도리 때문에 기억되든 말든 상관없죠."

"그래도 그건 당신이 아니잖습니까?"

"어쨌든 내가 하고 있는 거죠. 적어도 수많은 행인 1, 2, 3들에서 내 목도리로 인해 난 잠시나마 주연이 되잖아요. 모두 다 나를 바라보는 것만으로도 충분하다구요."

원래 동의하긴 어려울 생각인데, 사실 정상적으로 생각하면 저건 미친 생각인데, 왠지 모르게 난 고개를 끄덕이고 있었다.

"흠….그런데 그렇게 목도리가 된 건가요?"

"그냥 어느 날 목도리를 벗었는데, 거울 속에 저는 없고 목도리만 떠있었어요. 초현실적이었죠."

후루룩. 잠깐의 정적 속에 후루룩하는 소리만 들렸다.

"근데 중요한 건 이거예요. 사람들은, 내 모습을 봐요. 목도리만 둥둥 떠다니는 게 바로 나인데 사람들은 그게 나인걸 알아요. 신기하죠? 난 더 이상 나를 볼 수 없는데. 그럼 다른 사람들은 그냥 목도리가 된 나를 보는 건가? 아니면 그 목도리로 상징되는 나를 보는 건가? 아님, 난 그들에게 목도리 그 자체가 되는 건가? 그래도 아직 사람들은 이 목도리를 보고 저를 알아보고는 손을 흔드는 걸요. 나도 그들에게 손을 흔들고, 그렇게 똑같은 일상 속에서 어느 한 순간에 지하철 창문에 비친 나를 보면 난 그저 공중에 뜬 화려한 목도리일 뿐인 거예요. 뭐, 이런 거엔 별로 신경 쓰지도 않고 이제 익숙해졌으니까 상관은 없지만 말이에요."

다시 커피 마시는 소리가 잠깐 이어지고, 그녀가 말을 계속했다.

"그런데 이 겨울이 끝나면 난 어떻게 해야 할까요? 그때는 이 목도리를 벗어야 할 텐데, 그러면 나를 아무도 못 알아보겠죠. 다시 갈색 인생, 아니 아예 아무도 못 알아보는 투명인간이 되어 잊힌 인생을 살지도 모르고. 하지만 난 그 일상으로 돌아가기 싫어요."

말을 하는 목도리 위에 뜬 종이컵의 테두리가 잘근잘근 씹혔다. 참을 수 없을 만큼 무거운 정적이 우리 둘을 짓눌렀다. 젠장, 싸구려 유행가였더라도 틀어놓았다면 얼마나 좋았을까? 그랬다면 내가 말도 안 되는 조언이라도 말해줄 만큼은 공기가 가벼워질 수 있었을 텐데….

그녀의 한숨 소리가 적막을 조각조각 찢어놓았다.

"당신도, 결국 나와 같은 사람이네요. 뭐, 좋아요. 사실 그렇게 쓸 만한 도움을 바란 것도 아니고, 그냥 들어줄 사람이 필요했어요. 나를 그냥 공중의 목도리로 봐주고 내 이야기를 진지하게 들어줄 사람이 필요했거든요."

목도리가 둘둘 벗겨져서 내 책상 위에 놓여졌다. 문이 열렸다.

"그 목도리 걱정은 하지 마요. 혹시 몰라서 하나 더 샀거든요."

또각, 또각, 또각 하는 소리가 순간 문 앞에서 멈췄다.

"그래도…. 그래도 그 목도리, 버리지는 말아줘요. 잊지는 말아줘요."

그리고는 문이 닫히는 소리가 쾅, 하고 방을 메웠다. 테이블 위의 목도리는 이제 더 이상 꿈틀거리지 않고 테이블 위에 얌전히 올려져 있었다. 목도리를 가만히 잡아보았을 땐 온기는 이미 사라져있었다. 마치 도마뱀이 남겨놓고 간 꼬리 같이.

정신을 차리고 라디오를 다시 켰을 때에도, 다시 유행가 리듬에 맞춰 DJ가 말을 시작했을 때에도 목도리는 그대로 멈춰있었다. 테이블 위 그녀가 남기고 간 가장 화려한 꼬리는 그렇게 평범한 일상 속으로 스며들어 갔다. 커피에 설탕이 녹아들어가듯.

그녀는 아직도 목도리로 살고 있을까? 솔직히, 그건 모르는 일이다. 확실한 건 적어도 난 그녀가 그렇게도 혐오하던 갈색 인생으로 천천히 늙어가고 있다는 것뿐이다. 하지만 그래도 그녀는 일상 속 나름의 독특함으로 남게 되었으니 어떻게 보면 나에게 그녀는 하나의 빛나는 순간이었을지도 모르겠다. 가끔 그런 생각을 하고는 한다. 그녀는, 아니 그 목도리는 어떤 삶을 살고 있으려나. 목도리도마뱀은 과연 목도리 속에서 언제까지나 행복하게 살았을까?

즐겁게 춤을 추다가 시간을 멈춰라

나비는 창살에 날개가 낀 채로 버둥거리고 있었다.

그날개 사이로 햇살이 쏟아져 나오고 있었다. 그게 그 방을 메우는 유일한 빛이었다. 그 햇살 속에 그녀가 서있었다. 창 밖에는 동전만한 빗방울들이 내려와 창살을 때리고 있었다. 그래도 햇살은 맑게 그녀를 비추고 있었다. 바깥엔 햇살과 비가 공존하고 있었다. 그녀와 엄마가 그 방에서 공존하듯이.

엄마는 병을 앓고 있었다. 그것도 말기, 최악의 상황으로 치닫는 상황이었다. 세계에서 오직 엄마 하나만이 앓고 있는 병은 아니었다. 사실 분명 세상에는 그 병에 대한 약이 존재했다. 다만 엄마가 그 약을 거부했을 뿐이었다. 물론 자의는 아니었을 거라는 걸 그녀도 알았다.

"배고파."

엄마의 아이 같은 말이 누구도 원하지 않은 소꿉놀이를 시작했다. 나 배고파. 과자 먹을래. 엄마가 그렇게 말하면 그녀는 엄마가 예전에 그랬듯이 슈퍼에 가서 엄마에게 과자를 사다주었다. 그렇게 나 배고파로 시작해서 이불 속에서 끝나는 엄마의 하루는 그녀의 하루와 뒤엉켜 3시간을 만들었다. 엄마네 방을 방문하는, 일주일 중 3시간. 그 3시간을 무사히 보내는 게 그녀에게는 성공이었다. 하지만 그게 그녀의 행복은 아니었다.

그녀는 행복해질 수 없는 사람이었다. 엄마가 뭔가를 기억할 수 없는 사람이듯이.

엄마가 언제부터 기억을 잃었던 것인지 그녀는 기억할 수 없었다. 엄마가 어느 날부터인가 그녀와 강아지의 이름을 헷갈리기 시작했던 때일까? 아니면, 아침에 눈을 떴을 때 엄마가 옆에 경찰을 대동하고는 그녀 옆에서 바들바들 떨면서, 난 저 사람 누군지 몰라요, 라고 경찰한테 말을 했던 때일까. 경찰서에서 그녀는 컴퓨터 뒤에 앉아있는 경찰을 마주했고, 엄마는 그 옆에 앉았다. 엄마는 그녀 옆에서 눈물을 뚝, 뚝, 뚝 흘리고 있었다. 그녀는 떨리지도 않는 목소리로 진술을 했다. 저 사람은 내 엄마예요. 출생증명서 떼어 줄까요. 저 사람이 날 15년 동안 키워준 사람이에요.

요양소에 엄마를 데려다주기로 결정을 한 후, 그녀는 경찰서 문을 열고 나왔다. 여름 햇살 때문에 눈이 부셨다. 그래서 눈물이 흘렀다. 사실 울고 싶은 마음도 아니었는데. 바싹 말라버린 입술에 눈물이 흘러내렸다. 그렇게 그녀는 쓸데없이 파란 하늘을 보면서, 쓸데없이 따가운 햇살을 받으며 그런 날마다 얼굴 탄다며 가방에서 선크림을 꺼내주던 엄마를 생각했다. 빛바랜 보도블록에 딱 10원짜리 만한 눈물자국들이 방울방울 났다.

일주일에 한 번, 엄마 딸에게 허락된 유일한 시간이었다. 엄마는 그녀가 누구인지도 모르긴 했지만. 맨 처음 요양소에 있는 엄마를 보러갔을 때 엄마의 눈빛은 너무나도 적대적이었다. 엄마는 같이 간 아빠마저 기억하지 못했다. 아빠가 여보라 불렀는데도. 아빠는 충격을 받은 표정이었다.

"승희 엄마…."

흰자위 위에서 엄마의 검은 눈동자가 떨리고 있었다.

"당신들 누구야? 누군데 나를 여보라 부르고 엄마라 불러? 너, 너 내 집에 맘대로 들어와 있더니 왜 나를 여기로 쫓아내? 니가 뭔데 그러냐고!"

"엄마, 그런 게 아니었어, 우리 같이 살고 있었잖아. 우리 가족이었잖아. 엄마가 나 승희라고 이름 붙여 줬잖아!"

"미진 씨! 미진 씨! 이 사람들 좀 내보내줘요. 나 이 사람들 만나기 싫어. 처음 보는 사람들이 나보고 엄마라 불러. 여보라 불러. 나 이 사람들 만난 적도 없는데. 미진 씨!"

미진 씨라는 간호사가 우리를 문 밖으로 데리고 나갔다. 문이 닫히는 틈

새로 엄마의 흐느끼는 소리가 들려왔다. 끽, 끽 하고 베갯잇을 붙잡고서 엄마가 울고 있었다. 숨이 넘어갈 듯이, 끽끽거리면서 엄마가 눈물을 흘리고 있었다. 예전에 그랬던 것처럼. 엄마는 항상 그렇게 울었다. 가끔씩 안방 문을 열면 엄마가 꼭 똑같은 모양새로 울고 있었다. 엄마, 왜 울어? 그녀는 입속으로 엄마에게 묻고는 했었다. 엄마, 왜 울어? 하지만 엄마는 그 입속 물음에 대답해주지 않았다. 조금만 더 크게 외쳤다면 그녀의 속도 시원했으리라.

하지만 그날도 그녀는 엄마에게 닿지 못하고 아빠와 함께 요양소를 빠져나올 수밖에 없었다. 엄마는 앞으로도 계속 저럴 가능성이 높다고, 간호사는 말했다. 아주 가끔씩 기억이 순간적으로 돌아올 때는 있을지 모르겠지만, 그것도 곧 순간일 뿐 다시 기억이 사라지게 된다고 했다. 하지만 어쨌든 간에 그 후에도 그녀는 몇 주일동안 엄마의 방에 계속 들렀다. 그렇게 그녀는 예전의 엄마와 새로운 관계를 만들어나갔다. 친구도 아니고, 그렇다고 낯선 사람도 아닌 조금은 어색한 분위기. 그녀는 그 속에서 3시간을 버텨냈다. 그리고 엄마와 함께 역할이 뒤바뀐 소꿉놀이를 해나갔다.

"나, 김밥 먹고 싶어."

엄마가 적막을 깨고 던진 한 마디였다. 그녀는 엄마를 돌아봤다. 엄마는 그녀를 빤히 쳐다보고 있었다.

"나 배고프단 말야. 김밥 먹을래. 김밥하고 떡볶이."

"어디서? 돈은 있어?"

"난 김밥하고 떡볶이 먹고 싶어. 배고파, 배고파, 배고파!"

엄마 눈에 눈물이 맺혔다. 기억을 잃은 엄마는 항상 우는 걸로 모든 문제를 해결하려 했다. 사실 엄마에게 있는 무기가 그것밖에 없어서일지도 몰랐다. 아이가 된 엄마에게는 힘도 없었고 맷집도 없었으며 돈도 없었다. 그래서 결국 그녀에게 부탁을 해야 했다. 그럴러면 적당한 양의 눈물이 필요했다. 예전의 엄마는 부탁을 들어주어야 하기에 울었지만 지금은 부탁을 하기 위해 우는 듯했다. 어떤 시간에서나 엄마의 눈물은 어느 정도의 효과를 발휘했다. 결국 그녀가 엄마가 좋아하는 참치김밥을 사러 그 앞 분식점에 갔으니까.

딩동. 그녀는 소심한 종소리와 함께 불투명 유리 문을 열었다. 떡볶이의 매콤달콤한 양념 냄새, 김밥 위에 발라진 참기름의 고소한 냄새, 진갈색 돈가스 소스 냄새. 튀김 냄새. 그녀가 어렸을 때나 지금이나 어디를 가든 분식집은 변하지 않았다. 추억이라고 하기는 뭐하지만 머릿속에서 아른거리는 기억 속에서도 그녀는 분식집에 자주 향했었다. 지금처럼 천 원짜리 몇 장을 손에 쥐고서 말이다. 자줏빛 퇴계 이황 할아버지가 푸른빛으로 머리를 염색했다는 것만 빼면, 그리고 지금은 웃지 않는다는 점만 빼면 그녀도 그때와 똑같았다.

"참치 김밥 두 줄 주세요."

붉은색 앞치마를 입은 아줌마가 김밥을 싸다 말고 그녀를 보았다. 그리고는 바로 기계적인 손놀림으로 김밥을 싸기 시작했다. 김에 밥을 펴서 단무지를 넣고 당근을 넣고 오이를 넣고 깻잎을 넣고 참치를 넣고 김을 말아 넣는 일련의 동작이 무서울 정도로 정확했다. 3분 만에 이미 따끈한 김밥이 완성되었다. 그리고 또다시 익숙한 목소리. 3000원이에요.

돈을 건네주고 다시 길을 건너 엄마의 방에 도착했다.

문을 열려고 하는데, 살짝 열려진 문틈에서 음악이 들려왔다. 엄마가 예전에 좋아하던 노래, 언제 건지 모를 통기타 반주와 노래였다. 약간은 흥겨운 듯, 그러면서도 슬픈 듯 방 안엔 통기타 소리가 울려 퍼지고 있었다. 그녀가 문을 빠끔히 바라보는 순간, 엄마가 사실 커튼에 가려 잘 보이지는 않았지만, 춤을 추고 있었다.

흐느적거리면서 엄마는 춤을 추고 있었다. 사실 춤이라고 부르기엔 오히려 무당의 굿에 가까운 몸짓이었지만 어쨌든 엄마는 커튼에 가려진 침대 위에서 춤을 추고 있었다. 하늘로 날아갈 듯 환한 미소를 지으며. 그런 미소를 본 적이 언제인지 그녀는 기억할 수가 없었다. 엄마가 기억을 잃기 전이었을까? 왠지 모르게 처음으로 엄마가 자신을 알아볼 것 같은 예감이 들었다.

"엄마!"

그녀가 문을 열고 달려갔다. 엄마를 안으려고 팔까지 벌렸다. 엄마는 그녀의 목소리를 듣지 못하는 듯싶었다. 아무 반응이 없었다. 음악 소리 때문에 못 듣는 걸지도 몰랐다. 그녀는 라디오 전원을 껐다. 음악소리가 갑작스레 사라지고, 거리의 소음이 방을 메웠다. 그랬지만 엄마는 반응이 없었다.

"엄마?"

커튼을 젖힌 그 순간, 커튼 안의 시간이 멈춰있었다. 방금까지만 해도 춤추고 있던 엄마는 보이지 않았다. 바람만이 그녀의 손을 간질일 뿐이었다. 커튼 끝에 감돌던 바람이 창문가 발코니 쪽으로 모습을 감췄다.

그녀는 설마하며 발코니에 다가갔다. 발코니엔 엄마인 척 장난을 치던 바람 외엔 아무도 없었다. 문득 엄마가 종종 위험할 정도로 몸을 기울이며 발코니 밑 꽃밭을 감상하던 것이 떠올랐다. 음악이 라디오에서 흘러나오면 항상 그 곳에서 춤을 추던 것이 머릿속에서 아른거렸다. 무의식적으로 그녀는 밑을 보았다.

발코니 밑 꽃밭, 오색 꽃이 찬란하게 핀 그 곳에 엄마가 있었다. 엄마는 그대로 누워있었다. 엄마의 시간이 심장과 함께 그대로 멈춘 채로.

세상의 중심에
홀로서다,
그리고 외로운

전 석 준

그들은 모를 것이다

그들은 모를 것이다

2월 14일

작고 정성 어린 초콜릿에 행복해하는 그들은

의리 초콜릿 몇 개에 만족해야 하는 우리들의 설움을

모를 것이다

3월 14일

한 달 전의 초콜릿을 보답한다며 초콜릿을 주고받는 그들은

의리 초콜릿조차 받지 못하고 좌절하는 우리의 절망을

모를 것이다

4월 14일

그들에게 있어서는 지극히도 평범한 하루

그러나 우리들에게 있어서는 슬픈 기념일인 그날을 그들은

모를 것이다

11월 11일

빼빼로를 사이에 두고 가까워지는 그들은

혹시 하고 기다리다가 결국에는 직접 사먹게 되는 우리의 실망을

모를 것이다

12월 24일
예수님의 탄생일을 축하하며 따뜻한 하루를 보내는 그들은
우리가 예수님이 실제로 12월 24일에 태어나시지 않았다는 설에 행복해하는 것을
모를 것이다

생일날
둘이 서로의 생일을 챙겨주는 그들은
생일을 기억하는 친구 하나 없어 외로운 생일을 보내는 우리의 고통을
모를 것이다

우리는 알고 있다
1년 365일
'오늘은 다를지도 몰라'라 생각하며
하루하루를 살아가는 우리의 작은 희망을…
그러나 그들은 모를 것이다.

나는 하지 않는다

나는 노력을 하지 않는다
사람들은 그런 나에게 좀 더 노력해보라 했다
최선을 다하면 좀 더 많은 것을 이룰 수 있을 것이다
나는 최선을 다하는 법을 잊었기에 내 실력을 낼 수가 없었다
그러나 사람들은 나의 성과를 보고 나를 칭찬했다
최선을 다하지 못해 본 실력을 낼 수 없는 나는
진정 실력이 있는 것일까

나는 웃지 않는다
사람들은 그런 나에게 좀 더 웃어보라 했다
웃으면 좀 더 세상이 달라 보일 것이다
나는 웃는 법을 잊었기에 웃고 있는 가면을 썼다
그러나 사람들은 나의 가면을 보고 나를 축복했다
웃지 못하여 항상 웃고 있는 가면을 쓰는 나는
진정 행복한 것일까

나는 진실을 말하지 않는다
사람들은 그런 나에게 좀 더 자신에게 솔직해지라 했다
진실은 너를 좀 더 편하게 해 줄 것이다
나는 진실을 받아들이는 법을 잊었기에 나를 더욱 짙은 거짓으로 둘러쌌다
그러나 사람들은 나의 거짓에 속아 나를 신뢰했다
거짓으로 나와 남을 속여 가며 진실이 된 나는
진정 진실한 것일까

나는 도대체 무엇인 것일까

Addition Edition Limitation

너를 떠나보냈다.

이제는 더 이상 너와의 추억을 만들 수 없다.

너와 함께 해보고 싶었던 것들

너와 함께 해야 했던 것들

눈물이 되어 흘러내린다.

너를 떠나보냈다.

이제는 더 이상 실수를 바로 잡을 수 없다.

너에게 미안하다고 해야 할 것들

너에게 남보다 잘 못해 준 것들

눈물이 되어 흘러내린다.

이제 와서 후회한들 뭐하나

있을 때 잘할 걸.

이제 와서 눈물을 흘린들 뭐하나

운다고 바뀔 수 없는걸.

그저 눈물만이 너의 빈 공간을 메우려 한다.

글쓰기

비　나　나
가　의　의
내　노　고
린　력　통
다　이　이
　　비　비
　　가　가
　　되　되
　　어　어
　　내　내
　　린　린
　　다　다

눈　나　나
물　의　의
이　힘　사
흐　든　라
른　과　질
다　거　행
　　가　복
　　눈　이
　　물　눈
　　이　물
　　되　이
　　어　되
　　흐　어
　　른　흐
　　다　른
　　　　다

글　나　나
이　의　의
써　감　존
진　정　재
다　이　가
　　쏟　녹
　　아　아
　　져　내
　　나　려
　　와　글
　　종　속
　　이　에
　　위　스
　　에　며
　　형　들
　　상　어
　　을　간
　　이　다
　　　　룬
　　　　다

노인

노인은 뒤를 돌아보았다.
부모님과 함께 보냈던 짧고도 행복했던 그 시간을.

노인은 앞을 바라보았다.
이제는 혼자 걸어가야 할 멀고 먼 그 길을.

노인은 위를 올려다보았다.
자신에게 따뜻한 웃음을 보내주시던 그 부모님을.

노인은 아래를 내려다보았다.
이제는 부모님이 묻혀 계실 차가운 그 땅을.

노인은 자신을 돌아보았다.
부모를 버리고 꿈을 좇아 달려온 그 불효자를.

빛과 어둠의 사이

나는 빛이 두렵다.
내 몸이 빛에 휘감기는 순간
그 강렬한 빛에 의해 내 안의 어둠이 드러나고
나를 소멸시켜 버릴 것 같다.
두렵다….

나는 어둠이 두렵다.
내 몸이 어둠에 파묻히는 순간
내 안의 모든 빛이 어둠 속으로 빨려 들어가고
나는 무(無)의 존재로 돌아갈 것 같다.
두렵다….

나는 어디에도 존재할 수 없는 존재이다.
그런데 왜 나는 빛과 어둠의 사이에 있는 것일까
왜 둘 사이에 공존하고 있는 것일까.

나는 나의 두려움이 두려웠던 것이다.
강렬하게 나를 몰아붙이는 빛이 두려운 것도 아니다.
끝없이 나를 끌어당기는 어둠이 두려운 것도 아니다.
나는 그것을 두려워하는 나의 두려움이 두려운 것이다.

그리고 나는 그 두려움을 안고
빛과 어둠의 사이에서 사람들을 빛과 어둠으로 나누어 간다.

여명이 밝아온다

여명이 밝아온다.
어느 한 사람이 가족을 먹여 살리기 위해 일자리를 찾아 일어난다.
어느 한 사람이 자신의 즐겁고 여유로운 하루를 위해 일어난다.

여명이 밝아온다.
어느 한 의사가 생명을 구하기 위해 일어난다.
어느 한 살인마가 생명을 앗아가기 위해 일어난다.

여명이 밝아온다.
어느 한 도전자가 정상으로 오르기 위해 일어난다.
어느 한 패배자가 절벽에서 뛰어내리기 위해 일어난다.

당신이 누구든, 무엇을 하든, 어디에 있든 중요치 않다.
여명이 밝아오면 일어나야 한다.

시간은 흐르고, 모두의 숨 가쁜 하루가 지나고
다시 여명이 밝아온다.

상식

상식이죠.
정직한 사람은 항상 승리하고
사랑은 영원히 변치 않는 것은.

상식이죠.
모든 사람은 다 착하게 살아가고
돈이 없어도 충분히 성공할 수 있는 것은.

상식이죠.
모두가 공평하고
세상이 살기 좋은 곳이라는 것은.

상식이죠.
노력한 만큼 성과를 얻을 수 있고
상식이 항상 옳은 것만은 아니라는 것은.

유리상자

나는 보석을 넣어 놓은 유리상자다.

사람들은 유리상자를 보고 말했다.
안에 있는 보석이 너무 잘 보인다고.
그래서 나는 상자에 낙서를 했다.
내 상자 속 보석을 숨기기 위해.

사람들은 유리상자를 열고 말했다.
생각과 달리 보석이 너무 아름답다고.
그래서 나는 상자에 쓰레기를 집어넣었다.
내 상자 속 보석을 감추기 위해.

사람들은 유리상자를 피하며 말했다.
그 상자는 이제 쓰레기일 뿐이라고.
그래서 나는 상자의 낙서와 쓰레기를 없애려 했다.
내 상자와 보석을 되찾기 위해.
그러나…

나는 보석을 넣어놓은 유리상자였다.

지우개

세상으로부터 소외되고 버려져 있던 저에게
당신께서는 구원의 손길을 내밀어 주셨습니다.

당신의 실수와 과오는 모두 제가 책임지겠습니다.
비록 저의 희생을 필요로 한다 해도…
당신은 저를 구원해 주셨기에.

당신이 저를 밀쳐내고 상처 준다 해도 저는 참아낼 수 있습니다.
비록 제가 고통스럽다고 해도…
당신은 저를 구원해 주셨기에.

당신이 시간이 지나 저를 잊게 된다 해도 저는 견뎌내겠습니다.
비록 제가 외로워진다고 해도…
당신은 저를 구원해 주셨기에.

시간이 지나 저는 너무나도 초라해졌습니다.
당신은 얼마 후 저를 버리겠지요.
그래도 저는 괜찮습니다.
당신은 저를 구원해 주셨기에…

그대와 다시 함께하게 되길.

열한번째 이야기

착각

준은 숨을 헐떡거리며 자신의 주변을 둘러보았다.

피로 가득한 작은 방 하나. 그리고 갈기갈기 찢겨져 있는 두 사람.

아니 사람이라고 할 수도 없다. 얼굴은 알아볼 수가 없을 정도로 손상 되었고 몸이 난도질당해 인간의 형체를 유지하지도 못하고 있었다.

준은 소리 없는 눈물을 흘리며 무릎을 꿇고는 자신이 잡고 있던 칼을 떨어트렸다.

"어째서… 어째서…"

그때 갑자기 밖에서 강하고도 밝은 빛이 그를 감싸기 시작했다.

그리고…

"안돼! 하아 하아…"

잠에서 막 깬 준은 눈물과 식은땀으로 흠뻑 젖은 채로 침대에 걸터앉았다.

꿈이다… 그저 꿈이었을 뿐이야.

그러나 너무나 진짜 같은 꿈. 현실보다 더 진짜 같은 꿈. 도무지 꿈이라 믿을 수 없었다.

준은 얼굴을 두 손으로 감싸고 소리 없이 흐느끼기 시작했다.

그를 뒤덮는 두려움과 슬픔은 마치 뱀처럼 그의 목을 조르기 시작하였다.

멈추지 않는 눈물을 이불로 닦으며 그는 꿈속의 장면을 잊으려 했다.

몇 일째 같은 꿈. 똑같은 상황. 똑같은 장면.

"그저 꿈일 뿐이야. 꿈."

그는 스스로를 위로하며 다시 깊은 잠으로 빠져 들었다.

따르르르릉.

준은 몇 분 잔 것 같지도 않은데 벌써 알람이 울리는 것을 듣고는 게으르게 눈을 떴다.

시계를 보니 대략 2시간 정도 잔 것 같았다. 아무런 꿈도 꾸지 않고 그저 휴식을 즐길 수 있었던 소중한 2시간. 준은 자리에서 일어나 따스한 아침햇살을 맞으며 화장실로 발걸음을 옮겼다.

화장실에 들어간 준은 거울을 보며 속삭였다.

"넌 도대체 왜 그들에게 그런 짓을 한 거지?"

준이 집을 나설 때에는 어느새 7시가 다 돼 있었다. 준은 상쾌한 아침공기를 마시며 발걸음을 학교로 옮겼다. 얼마 가지 않아 뒤에서 자신을 부르는 것을 들은 준은 조용히 뒤를 돌아보았다.

"이 봐 거기까지. 기다리고 있던 사람은 어쩌라고."

이 녀석의 이름은 현진. 시골에 내려와서 제일 처음 만난 아이로 제일 가깝게 지내는 아이이다.

"이 봐 듣고 있어? 멍 때리고 있지 말랬잖아."

알 수 있듯이 매우 시끄럽다. 그러나 미워할 수도 없다. 항상 웃는 그 아이의 얼굴에 누가 화를 낼 수 있겠는가.

"빨리 가자고. 늦겠다."

현진은 준의 등을 치고는 학교를 향해 달리기 시작했다.

준은 현진의 뒷모습에 미소를 지었다.

준이 시골로 내려온 것은 대략 한 달 전. 도시에서 자라온 준에게 있어 시골에서의 생활은 지루하고 적응하게 힘든 점이 없지는 않았다. 그러나 깨끗한 자연과 착한 사람들이 있기에 준은 보다 즐거운 생활을 할 수 있었다. 시골에 있고 이름이 잘 알려지지 않은 지라 다른 마을 간의 교류도 적었고 자연스레 학교도 인원이 매우 작았다.

"아무리 생각해도 이건 좀 아닌 것 같은데."

준은 얼굴을 책에 파묻고는 투덜거리듯이 말했다.

아무리 학교가 작다 해도 3명이 전원인 것은 뭔가 아니지 않는가. 게다가 그를 제외한 두 명은 모두 준보다 한 학년 아래. 배울 수 있는 공간이 못 된다.

아니. 솔직히 말해 이곳은 학교가 아니다. 학교는 이미 예전에 학생 수가 부족해 폐교가 되었다.

지금 있는 곳은 바로 그 폐교 안, 3명이 같이 만든 일종의 공부 동아리이다.

"왜 그래. 괜찮아? 아직도 적응이 안 돼?"

현진이와는 딴판으로 친절함 그 자체인 이 아이의 이름은 은정. 현진이와는 달리 매우 착한 아이다.

"내버려둬. 그냥 또 딴생각 하던 거겠지."

현진은 책을 뚫어져라 쳐다보며 중얼거렸다. 아마 이해가 안 가는 것이 많아서일 것이다.

"아니야 분명 적응이 안 되고 있는 거야! 같이 수업 끝나고 마을 구경이나 가자."

준은 감사하기는 하지만 귀찮은 일이 생긴 것을 알고는 작게 한숨을 내쉬었다.

"여기가 바로 시장이야. 사고 싶은 건 다 여기서 사면 돼."

이미 알고 있었다만 너무 열심히 해주는 바람에 뭐라고 말도 못하겠군.

준은 현진과 함께 터덜터덜 걸어오며 신나서 떠들어 대는 은정을 쳐다보았다.

이렇게 걷다 보니 갑자기 꿈 생각이 났다.

꿈속의 잔인하게 찢겨서 죽은 두 사람.

아니, 잔인하게 찢어서 죽인 두 사람.

준은 꿈 생각을 하자 식은땀이 흐르고 속이 울렁거림을 느꼈다.

나는 왜 이들은 죽인 거지?

"괜찮아? 아침부터 안 좋아 보이는데."

현진이 약간 걱정이 되는 눈빛으로 준을 쳐다보았다.

"별일 아니야. 약간 속이 안 좋아서."

준은 대충 말을 얼버무리고는 눈을 돌렸다. 똑바로 쳐다보면 뭔가 들킬 것 같은 기분이 들었다.

"아. 그럼 잠시만 앉아 있어. 바로 갔다 올게."

현진은 은정을 붙잡더니 시장의 인파 사이로 섞여 들어갔다. 준은 근처에 있던 가게로 들어가 의자에 걸터앉았다. 앉아서 가게 안을 둘러보다 보니 낡은 물건들이 쌓여 있고 신문들이 바닥에 널려 있었다. 아마 골동품 가게일 테지. 밖에 나가려는 순간 준의 눈에 한 신문 기사가 보였다.

「3년째 연속되는 잔혹 살인. 살인범은 동일범으로 판명」

준은 신문을 집어 기사를 훑어보기 시작했다. 그의 눈에 연속적으로 보이는 단어들과 문구가 있었다. 식칼. 난도질. 매월 첫째 토요일. 용의자 불명확. 준의 눈앞에 마치 살인현장이 그려지는 듯했다. 왠지 그의 꿈과 같은 형상. 그 순간 뒤에 누군가의 기척이 느껴졌다. 준은 흠칫하며 재빨리 뒤를 돌아보았다.

"자네도 그 사건에 관심이 있는가?"

뒤에는 하얀 코트를 걸친 20대 후반 정도의 한 남성이 있었다.

"무슨 소리이신지."

"그 잔혹 살인 사건 말이네. 처음 들어 보는가?"

준은 말없이 고개를 끄덕였다.

"자네도 이방인인가 보군. 그럼 알려주도록 하지. 나는 역사학자인 김문성이라고 하네. 실은 이 마을의 비밀에 대해 조사하고 있지."

"비밀이라니…."

"웃지 말고 들어주게. 그저 나만의 신빙성 있는 가설일 뿐이야. 이 마을은

지형적으로 밖으로의 교류가 힘든 곳이지. 그래서 한 달에 한 번씩 각종 식료품들과 물건들을 이 마을로 운반해오지. 아무리 교통이 발달해도 이곳으로 오는 방법은 매우 제한되어 있지. 그런데 한번은 큰 산사태가 일어나 운반로가 완전히 막히게 되었지. 그래서 그들은 반년 동안 마을에서 아무런 음식도 먹지 못하였어. 실제로 기록상에 그렇게 남아있기도 하고."

"그래서 어떻게?"

"인육."

"…네?"

"그들은 수시로 몇몇 가족을 골라내었지. 아니 정확히 말해 버텨내지 못하고 굶어 쓰러진 가족들이겠지. 그리고는 그들을 죽여 그들의 고기를 먹었지. 달이 갈수록 입은 줄어들고 먹을 것은 늘어나고. 처음에는 고통스러웠겠지만 나중에는 아마 즐기게 되었을 거야. 생각을 해봐라. 인육을 뜯으며 축제하는 마을사람들의 모습을."

준은 갑자기 속이 거북해지는 느낌을 받았다. 친절한 그 마을 사람들이 사람을?

"아마도 마을사람을 죽인 날짜는 매월 첫째 토요일 그리고 시체의 유기 장소는… 아마 마을 사람들만 아는 장소일 테지. 그곳까지는 나에게 무리인 것 같다."

문성은 희미한 미소를 지으며 말을 이었다

"그런데 반년이 지나고 나니 운반로가 뚫리게 되고 그들은 인육을 먹을 동기가 사라졌겠지. 그런데 그들의 본능은 그것을 내버려두지 않았어. 입 안에 사람고기를 넣어 뜯고 싶어 안달이 났겠지. 그래서 생각해낸 방법이 바로 물자를 옮겨주는 사람을 죽여서 먹어버리는 것이었지. 누가 보게 되면 그저 일반적인 살인 사건. 마을 사람들 모두가 모른다고 하고 시체는 비밀장소에. 완전범죄인 것이지. 그런 이유 때문에 이제 모두들 이 마을에 오려고도 하지 않아. 자네가 왜 이곳에 왔는지는 모른다만 아마 이제 이방인은 나와 당신뿐."

준은 아무런 말도 하지 못했다. 아니 할 수 없었다. 너무 혼란스러웠다.

"그러면 난 먼저 가보지. 참고로 이 대화는 비밀이다."

문성이 가게를 나선지 한참이 되어서도 준은 움직일 수가 없었다.

"여기 있었네. 얼마나 찾았는데."

현진이 웃으며 준의 등을 쳤다.

준은 현진과 은정의 얼굴을 보았다.

도무지 그런 살인 사건과는 연관 되어 있을 것 같지도 않는 순수한 얼굴.

그러나….

"너희들 이 신문기사에 대해 뭐 아는 것 있어?"

순간 현진과 은정의 얼굴이 굳은 것과 같은 느낌이 들었다. 그러나 바로 다음 순간 그 둘은 짜기라도 한 듯이 기묘한 미소만 짓고 있었다.

"무슨 말인지?"

준은 당황했다. 설마….

"왜 안 말해 줬어."

"…."

"이 마을에서 일어난 일이지?"

"…."

"맞으면 맞다고 해줘."

"…."

"웃지 말고 빨리 말하라고!!"

이미 준의 눈에는 그들의 미소가 보이지 않았다. 그들의 눈에는 어떠한 감정도 보이지 않았고 입은 기묘하게 뒤틀려있어 보였다.

"모르겠어."

둘은 이구동성으로 말하더니 손에 쥐고 있던 봉지를 준의 손에 쥐어 주었다.

"이거 먹어 속이 나아질 거야."

그 둘은 웃으며 가게를 나갔다.

집에 돌아오는 길. 준은 갈대들이 높게 자란 갈대밭에서 달리고 있었다.

평소에 현진이와 같이 다니던 길로 가면 훨씬 빠르지만 도무지 그들을 만날 용기가 나지 않았다.

게다가 생각해보니 오늘은 10월의 첫째 금요일이었다. 비록 살인 사건이 토요일에만 일어난다고 해도 오늘 살해당해서 내일 발견될 수도 있다.

스윽.

순간적이었지만 누군가가 움직이는 소리가 들렸다. 준은 손에 쥐고 있던 봉지를 소리가 나는 방향으로 던졌다. 그러나 봉지는 갈대밭 속으로 사라질 뿐 아무런 소리도 내지 않았다.

"누구야!"

준은 소리를 지르고 주변을 둘러보았다. 그러나 갈대가 너무 높게 자란 탓인지 아무것도 보이지 않았고 갈대 틈 사이로 보이는 어둠만이 그의 공포를 자극했다.

"숨어있지 말고 나와."

준은 침착하며 천천히 뒷걸음질을 쳤다. 갑자기 등에 쇠의 차가운 감촉이 느껴졌다. 순간 그의 눈에는 꿈의 장면이 다시 보였다. 그러나 이번엔 달랐다. 죽어있는 건 두 사람 대신 자신. 그리고 그 위에서 입맛을 다시며 웃고 있는 두 사람.

내 몸을 지켜야 한다.

준은 땅바닥에 떨어져 있던 긴 나뭇가지를 집어 들고는 갈대밭을 헤집기 시작했다.

"빨리 나와! 제기랄 숨어있지 말라고!"

불안함을 감추지 못하고 고개를 좌우로 돌리던 준의 눈에 무엇인가가 보였다.

갈대 사이로 빠져 나와 있는 하얀 소매를 가진 누군가의 손.

준은 천천히 갈대를 헤집어나갔다.

"하아. 아…안 돼. 이건 말도 안….",

준은 나무에 기대서 갈대밭을 바라보았다. 이미 다리의 힘이 다 풀려 서 있을 힘도 나지 않았을 뿐더러 서있고 싶지도 않았다.

그가 갈대밭을 헤쳐서 보았던 광경은 기괴했다.

몸이 갈기갈기 찢어져 있으며 내장이 몸 밖으로 헤집어져 나와 있는 한 시체. 비록 얼굴이 많이 손상 되었지만 누구인지 알 수는 있었다.

그는 오늘 시장에서 만난 역사학자였다.

준은 살인 현장이 다시 눈앞에 어른거림과 동시에 토했다.

집에 도착한 준은 죽음의 공포에 덜덜 떨며 떨리는 손으로 문을 잠갔다.

거실로 가니 어머니의 메모가 있었다. 내용은 부모님께서 시내에 갈 일이 있으니 하루만 집을 잘 보라는 점.

준은 집안에 부모님이 안 계시다는 사실에 허탈함과 극도의 공포를 느꼈다.

이제 믿을 사람도 없고 보호받을 수도 없다.

나 혼자 뿐이다.

준은 2층 자기 방으로 들어가 무기가 되려는 것을 찾으려 했다. 불안한 마음에 커튼을 치려는 그 순간 준의 눈에는 두 인영이 현관 앞에서 서성이는 것이 보였다.

그들은 문을 열려 하다가 열리지 않자 그들은 초인종을 누르기 시작했다.

처음에는 천천히 누르다가 나중에는 초인종이 쉬지 않고 울려댔고 문을 두드리는 소리도 멈추지 않았다.

준은 귀를 틀어막고 가만히 있었다.

무섭다. 차라리 죽여줘. 죽여줘.

얼마 있으니 소리가 잠잠해지고 두 인영도 사라졌다.

삐걱삐걱.

잠시 후 복도의 나무가 삐걱거리는 소리가 났다. 말도 안 돼. 분명 현관이 잠겼을 텐데.

삐걱거리는 소리가 점점 커지더니 결국은 문 앞까지 오고 말았다.

준은 등 뒤의 털이 곤두서는 느낌이 들었다. 숨쉬기도 가빠지고 심장이 뛰는 소리가 너무 커서 그들에게도 들리지 않을까 했다. 10년과도 같은 긴 정적이 흐르고 문 손잡이가 천천히 돌아갔다.

준은 더 이상 참을 수가 없었다. 허둥지둥 거리며 무기가 될 만한 것을 찾기 시작했다. 아침까지만 견디면….

"안녕? 오랜만이네."

그의 귀 옆에서 누군가의 목소리가 들렸다. 준은 비명을 지르며 쓰러졌다. 거기에는 현진과 은정이 웃으며 서있었고 은정의 손에는 칼이 쥐어져 있었다.

"문단속은 철저히 해야지. 마당 창문을 열어두면 어떡하니. 수상한 사람 들어오게."

"맞아. 그런데 이젠 걱정할 필요 없어. 우리가 왔거든."

둘은 서로를 쳐다보더니 미친 듯이 웃기 시작했다.

"맞다. 아직 밥 못 먹었지? 우리가 밥 해줄게"

"표정이 왜 그래. 속이 많이 안 좋아 보여. 편히 쉬어."

준은 뒤로 손을 뻗었다. 그의 손에 잡히는 것은 두꺼운 백과사전 한 권. 이것이면 될 거야.

"자 편하게 있으라니까."

은정이 말을 꺼내는 순간 준은 손에 잡힌 백과사전을 집어 던지고는 은정을 향해 달려들었다.

　백과사전에 얼굴을 맞은 은정은 쓰러지며 칼을 놓쳤다. 준은 공중에 떠 있던 칼을 잡아 쥐고는 현진을 찔렀다. 그러나 그는 계속 웃기만 할 뿐 아무런 반응도 보이지 않았다.

　이들은 인간이 아니다. 괴물이야.

　당황한 준은 그들을 칼로 난도질했다. 그러나 그들은 그저 웃기만 할 뿐.

　역겹다. 죽어버려.

　준은 더 이상 참지 못하고 그들의 심장을 찔렀다.

　준은 숨을 헐떡거리며 자신의 주변을 둘러보았다.

　피로 가득한 작은 방 하나. 그리고 갈기갈기 찢겨져 있는 두 사람.

　아니 사람이라고 할 수도 없다. 얼굴은 알아볼 수가 없을 정도로 손상 되었고 몸이 난도질당해 인간의 형체를 유지하지도 못하고 있었다.

　준은 소리 없는 눈물을 흘리며 무릎을 꿇고는 자신이 잡고 있던 칼을 떨어트렸다.

　"어째서… 어째서….."

　그때 갑자기 밖에서 강하고도 밝은 빛이 그를 감싸기 시작했다.

　그리고….

　아무 일도 일어나지 않았다.

　이건 꿈이 아닌 것이다.

　밖에는 밝은 빛을 동반한 사이렌 소리가 나기 시작했다. 아마 경찰이겠지.

　준은 눈물을 흘리며 두 인영을 쳐다보았다.

　"미안해 그리고 기다려….."

　준은 창문을 열고 뛰어내렸다.

　"일… 같…"

준은 누군가의 목소리와 같은 소리를 듣고는 눈을 떴다.

눈을 떠보니 어느 작은 방안에 있었다. 주변에 있는 것은 별로 없었지만 자신이 누워 있는 침대로 보아서 아마 병원일 듯했다.

그러나 준의 눈은 책상 위에 무관심하게 던져져 있던 신문에 눈이 갔다.

「정신병 가진 학생, 시골 요양 도중 두 학생 살해」

순간 준은 자신이 잊고 있던 기억이 되살아나는 것과 같은 느낌이 들었다.

도시에서의 교내 폭력. 병원에서의 심한 정신병으로 진단. 시골로의 요양. 두 친구들. 이상한 이론. 어리둥절한 표정으로 신문기사를 보는 현진이와 은정이. 아무것도 없는 갈대밭. 현진이와 은정이에게 집 보는 것을 도와달라고 전화하시던 어머니. 요리 준비를 하다가 방으로 온 두 친구들. 칼에 찔리며 눈물과 고통의 신음을 흘리던 두 친구들.

"차… 착각이라니. 다 내가… 내가 착각을 해서."

준은 신문기사를 쳐다보며 눈물을 흘렸다.

"재판에는 나갈 수 있겠지만 아마 며칠 더 쉬어야 할 것입니다. 몸이 많이 쇠약해져 있고 약에 대한 부작용을 약간 보이고 있거든요."

준은 벽 사이로 들리는 어머니와 의사 선생님의 대화를 들으며 멈추지 않는 눈물을 흘리고 있었다. 자신의 착각 때문에 두 사람을 죽였다. 아니, 내 친구를 죽였다.

얼마 후 의사 선생님께서 들어오셨다.

"이제 좀 나아졌니?"

준은 침대에 누운 체로 가만히 있었다.

"아… 이해는 한다. 쉬운 일은 아닐 거야. 그러나 네가 일부로 한 것은 아니잖니."

"이해한다고요? 당신이?"

"응… 마을 사람 모두가 너를 용서하고 이해해주고 있단다."

"왜죠? 왜 저 같은 놈을…"

"많아졌거든…."

준은 천천히 고개를 돌리며 입을 열었다.

"뭐… 뭐라고요?"

"너. 네 두 친구들. 거기에다가 그 역사학자 양반까지 해서 평소보다 먹을 것이 많아졌거든…."

의사 선생님은 미소를 지으며 주머니에서 주사기를 꺼냈다.

"걱정 마. 바로 죽지는 않아. 적어도 너의 부모님은 속일 수 있겠지. 그 다음 네가 깨어나면 너는 식물인간과 같은 상태로 우리들의 것이 되는 거야. 고통은 전부 다 느낄 수 있게 해주지."

주사기 안의 액체가 준의 몸 안으로 들어가기 시작하자 준은 자신의 몸이 굳어가는 것을 느꼈다.

"그러게 비밀을 캐고 다니면 안 되지."

의사 선생의 얼굴에는 괴기한 미소가 퍼지고 있었다.

몸이 굳어가는 준의 눈에 마지막으로 보인 것은 신문에 쓰인 토요일이라는 날짜였다.

나는 정말로 착각했던 것이었을까.

똑! 똑! 똑!
노크는 꼭 세 번

배 연 수

소소한 즐거움

사실 말이지,
나 지금 되게 즐거워

내 혀로 전달되어오는 이 달콤함에 감사하고
내 등에 와 닿은 이 포근한 느낌에 감사하고
내가 들을 수 있는 이 멜로디에 감사하고
나의 얼굴이 비친 너의 눈동자에 감사하고
내가 읽을 수 있는 이 한편의 시에 감사하고
감사하고,
감사하고 그러다 보면
세상의 아름다운 것들이 하나 둘 눈에 들어오고

너에게 털어놓으면
비웃을 것만 같지만
나 정말 즐거워

Summer Time

반짝이는 푸른 강물로 쏟아지는
여름 햇살의 뜨거운 열기를 등지고

닿을 수 없을 만큼 높은
쳐다볼 수 없을 만큼 눈부신
하늘을, 그리고 태양을 등지고

어느 날엔가 서로를 마주보며
마음껏 웃을 수 있었던
그 푸르른 그늘을 등지고

마치 바다를, 그리고 또 산을 연상케 하는
싱그러운 초록빛의 오묘한 향연을 등지고

굿 바이, 여름

소녀

울고 있는 한 소녀의
가느다란 어깨가 위아래로 흔들려

누군가가 다가와 안아주기 전에는
절대로 멈추지 않겠다는
아주 작은 시위
아주 작은 바램
아주 작은 기다림

그리고

누군가를 향한
아주 작은 사랑

똑! 똑! 똑!

울고 싶을 때가 있잖아
왜, 갑자기 눈물이 솟구칠 때

목을 꽉 막아오는 텁텁한 습기가 아프게, 정말 아프게 목구멍을 두드려
그 절절한 노크 소리에도 문을 열어줄 수가 없어
이를 더 꽉 깨물고 입술을 다물어

눈을 감고 고개를 들면 차가운 바람이 얼굴을 때려

토해 내고픈 뜨거운 열기를 목구멍으로 삼키고 또 삼키고
그럴 때마다 조금씩 달구어지는 나의 심장은 또 소리치지만

절대로
문을 열어주지는 않을 거야

아름다운 사람

내가 너를 사랑하는 것은
너의 손끝에서 비롯된 일이다
굳은 살 박힌 그 손마디를
부드럽게 감싸 쥐고자 함이다

내가 너를 사랑하는 것은
너의 시선에서 비롯된 일이다
알 수 없는 애틋함으로 바라보는 그 눈을
세상의 어둠으로부터 지켜주고자 함이다

내가 너를 사랑하는 것은
너의 두 발에서 비롯된 일이다
메마른 대지처럼 갈라진 발바닥을
따스한 눈물로 적시고자 함이다

아아,
내가 너를 사랑하는 것은
그저 너의 존재에서 비롯된 일이니
조금도 망설이지 말아라

나의 아름다운 사람아

앞과 뒤

뒷모습을 보고 사람을 판단할 수 없음에
앞모습을 보는 것은 왜인가

뒷모습과 앞모습은 분명 같은 그 사람이건만
왜 그대는 굳이 뒷모습과 앞모습을 구분하려 드는가

앞모습이 뒷모습보다 중요하다는 것은 그대 혼자만의 생각일 뿐
왜 그것을 나에게까지 강요하려 드는가

그대에게 나의 앞모습이 더 중요하듯이
나에게 그대의 뒷모습이 더 중요할 수도 있을 터

그대의 아름다운 뒷모습을 왜 감추려 드는가

달의 바다 (Moon Maria)

동방의 끝.
별 하나 빛나지 않고
귀뚜라미도 울지 않는 곳
숨소리마저 사그라지는
절대적 고요의 장소

언젠가 활활 타오르던 불빛도
이제는 꺼졌소
시커먼 재 안에 갇힌 세상
불씨조차 보이지 않으니

우리의 거룩한 사랑이
가치 있어지는 바로 그 순간에
묻으리다

그대와 나의 마음속에

별이 되고 싶다

나는 당신의 별이 되고 싶습니다
당신의 별이 되어 밤하늘에 당신을 비추고 싶습니다
언제라도 당신이 바라볼 수 있는 그 곳에서
나는 당신의 별이 되고 싶습니다

나는 당신의 노래가 되고 싶습니다
당신의 노래가 되어 정겹게 흥얼거리며
당신의 심장 속에, 온몸 속에 퍼져나가는
나는 당신의 노래가 되고 싶습니다

나는 당신의 전율이 되고 싶습니다
당신의 전율이 되어 매 순간마다 당신을
놀래키고 사랑하며 감동시킬 수 있는
나는 당신의 전율이 되고 싶습니다

당신의 별이 되고, 노래가 되고, 전율이 되어
나는 당신의 모든 것이 되고 싶습니다
당신에게 나의 모든 것을 드리고 싶습니다.

물망초: Forget Me Not

그랬다. 그를 처음 본 건 어느 따뜻한 봄날, 벚꽃이 흐드러지게 피어 아름다운 선홍색을 띄고 있던 캠퍼스에서였다. 매일 강의에 늦지 않으려 뛰어다니던 길이었지만, 그날만큼은 무언가 신비한 감이 없지 않았다. 내 몸을 휘감으며 펄럭이던 분홍색 실크 때문이었나, 나의 정신은 술에 취한 듯 몽롱했고 캠퍼스 내의 분위기는 무언가 몽환적이었다. 내 발은 땅에 닿는 감촉조차 없이 가볍게 허공 위를 걸었고, 평소와 달리 아침 일찍 나온 덕에 강의 시작 전까지는 시간이 넉넉했다.

이른 아침의 캠퍼스는 한산했다. 마침 나밖에 없던 그 길에서, 환한 분홍빛 스포트라이트를 받으며 나는 춤을 췄다. 한 마리 나비같이 유연하고 아름다운 춤을 추고 있었다. 그래, 아직도 기억 속에 선명하다. 눈을 떴을 때, 그는 그 곳에 서 있었다. 약간 미소를 머금고 나를 지켜보며 벚꽃의 베일에 가려 마치 그림자처럼 서 있었다.

왜 그가 그 곳에 있다는 사실을 몰랐을까. 수업 시간에도 늘 그의 모습밖에 떠오르지 않았다. 몽환적인 벚꽃비를 맞으며 그 곳에 서 있던 그 사람. 이름도 모르고 나이도 몰랐지만, 왠지 그를 좋아하게 될 것만 같았다. 처음으로 나의 춤을 보아준 사람.

아니, 그보다도 보아하니 우리 학교 학생 같은데, 왜 그를 한 번도 본 기억이 없던 걸까. 같은 학교에 3년 동안 다녔으면, 한 번쯤은 마주쳤을 법도 한데, 나는 그를 본 적이 한 번도 없었다. 아니 봤더라도 그냥 스쳐 지나갔겠지. 나는 그가 지나갔다는 것도 몰랐을 테고, 그도 내게 말 한 마디 걸지 않았을 테니. 한 마디로, 우리는 모르는 사이였으니까 말이다. 머리에 들어오지도 않는 말을 늘어놓고 있는 교수님을 멍하니 바라보다 끼익 하는 문

소리에 고개를 돌렸다. 그리고 우연인지 인연인지, 그는 그곳에 서 있었다. 아침에 봤던 모습 그대로 약간의 미소를 머금은 채 한 쪽 팔에 가방을 메고. 그는 교수에게 가벼운 목례를 하고 내 쪽으로 향했다. 그의 얼굴을 보고 싶었지만, 얼굴을 들 용기가 나지 않는다. 그와 눈이 마주쳤을 때 미소를 지을지, 그냥 고개를 돌려버릴지 고민하는 사이에 그는 어느새 나를 지나쳐 뒤쪽에 자리를 잡았다. 그래, 결국 아무것도 아니었다. 누군가 지루한 수업의 정적을 박차고 나에게 다가와서 내 손목을 잡아채고 교실 밖으로 끌고 나가며 첫눈에 반했다는 고백을 할 정도의 달콤한 로맨스는… 아무래도 나와는 너무 멀리 떨어져 있었던 것이다. 남은 수업 시간 내내 나는 나의 모든 감각기관에 비상등을 켜고 내 몸의 온 신경을 뒤쪽으로 향했다. 그러나 들려오는 것은 내 심장이 고동치는 소리와 간간이 섞여 들려오는 한숨소리뿐이었다.

그는 비정상적일 정도로 조용했다. 마치 소리가 없는 세상에서 사는 것 같았다. 그의 발자국 소리는 바람 소리보다도 작았고, 숨소리는 아기 새의 그것과도 같았다. 바로 옆에 다가와도 모를 정도로 조용한 사람이었다. 아니, 그에게는 조용하다고 표현하기에는 너무도 깊고 특별한 무언가가 있었다. 그게 무엇인지는 알 수 없지만, 그것이 그를 한층 더 매력적으로 느껴지게 했다. 그 깊은 무언가는 "조용하다"라는 말로는 표현할 수가 없었다. 그는 매우 고요한 사람이었다. 바다의 푸르른 심연을 헤엄치는 푸른 고래 한 마리. 묵직하고도 깊은 남색을 깊이 간직하며 조용히 바다를 헤엄쳐 다니는 고래였다. 나는 그의 그 깊고도 신비로운 고요함에 끌렸나 보다. 어쨌든 나는 수업이 끝나고 그에게 말을 걸어볼 참이었다. 지금 당장이 아니면 늦을 것만 같아서 마음이 자꾸만 조급해졌다.

수업이 끝나자마자 문 앞으로 달려가 그가 나오기만을 기다렸다. 그러나 그는 나오지 않았다. 자신의 자리에 앉아서 한참이고 무언가를 생각하는 듯했다. 드디어 모든 학생들과 교수님까지 교실을 나서고, 나는 심호흡 열 번 끝에 용기를 내서 그에게로 다가갔다. 뚜벅 뚜벅 하는 내 발걸음 소리가 심장의 쿵쿵거리는 소리와 섞여 고막을 진동시켰다. 아주 길게 느껴질 것 만 같던 그 순간은 금방 끝나버렸고, 나는 그의 앞에 서 있었다. 아직 싱그 러운 향기를 뿜으며 기억 속에 또렷이 남아 있는 실루엣과 같다. 다만, 그 때는 그가 나를 보고 있었고, 지금은 내가 그를 보고 있다. 그가 고개를 들 어 나를 올려다보았다.

"아, 안녕하세요. 아까, 그러니까, 캠퍼스에서 말이죠….."

그는 내가 말을 마저 끝내기를 기다리는 듯했다. 아, 더 이상 뭐라고 말 을 해야 하나. 나는 그저 고개를 숙이고 입 안에 흐트러져 떠돌아다니고 있 는 단어와 낱말들을 조합해서 밖으로 끌어내려고 안간힘을 쓰고 있었다. 결국 알맞은 말을 찾지 못한 채 부끄러움을 감당하지 못하고 있을 때, 그가 들릴 듯 말 듯 웃으며 내게 조그만 종이쪽지 한 장을 건넸다. 그리고는 가 방을 한 쪽 어깨에 자연스럽게 걸쳐 메고는 나를 스쳐서 지나갔다. 한 걸음 한 걸음 걸어서 교실 밖으로 나갔다. 보지 않아도 알 수 있었다. 나는 어느 새 그의 정적에 익숙해져 있었나 보다. 살며시 쪽지를 펼쳐 보았다. 단정한 외모에 맞는 깔끔한 글씨체로 쓰여 있었다.

춤— 멋있었어요.

그 후로도 우리는 자주 만났다. 뜨끈한 인스턴트커피 두 잔을 사이에 두 고 몇 분이건 서로를 마주 본 채 앉아있기만 하기도 하고, 발을 맞추며 캠 퍼스의 벚꽃 길을 그저 걷기만 하기도 했다. 그러다 손을 잡았고, 그러다 가끔 힘들 때 찾아가 어깨에 기댈 수 있는 사이가 되었다. 그러나 그에게는 정말 이상한 점이 있었다. 그는 내게 아무런 말도 하지 않았다. 내가 말을 걸어도 웃음으로 대답할 뿐이었고, 연락을 취할 때도 문자나 쪽지를 사용 했다. 그렇지만, 나는 그를 이해했다. 아니, 이해하려고 최선을 다했다. 왜

냐하면 그는 고래였으니까, 푸른 심해를 천천히 헤엄쳐 다니는 한 마리 고래였으니까. 그래서 나는 그를 믿었다. 그리고 그의 눈이 하는 말을 듣고자 노력했다. 그것이 한 달이 되건, 일 년이 되건, 나는 그를 믿을 수 있었다. 아니, 적어도 그렇게 생각했다. 사랑하는 사람을 위해 그 정도쯤은 할 수 있다고.

그런데 아니었나 보다. 너무도 쉽게 그 사람을 사랑하게 되어 버려서일까, 그 사랑은 그 만큼 순식간에 녹아버렸다. 여름 햇살을 받아 말릴 틈도 없이 녹아 끈적이며 바닥을 흐르는 아이스크림처럼 형체를 알아보기조차 힘들게 되었다. 사람은 모든 지루한 것들에 쉽게 질리기 마련이다. 그것이 무엇이든, 얼마나 아름답든, 얼마나 따뜻하든, 늘 한결같은 모습만을 유지하고 있는 것은 사람들에게 아무런 흥미도 주지 못한다. 전형적인 미인이 아니더라도 개성 있고 매혹적인 여인들이 세상을 지배하는 것도 그런 이유에서다. 사람도 그렇고, 사랑도 그렇다. 늘 한결같은 사랑은 변함이 없어 사람들에게 위안을 주지만, 그것은 곧 무료함으로 변질되어 버린다. 연애의 진정한 고수들이 매일같이 다른 이벤트를 준비하고 색다른 말로 사랑을 전함으로써 애인의 마음을 사로잡는 것도 마찬가지 원리다. 그런데 그는 고래였다. 고래는 일 년이고 이 년이고 그저 가만히 바다를 헤엄쳐 다닌다. 물 밖에서 어떤 일이 일어나는 지에는 아무런 신경을 쓰지 않은 채 그저 자신이 평생을 헤엄쳐도 다 볼 수 없을 드넓은 바다의 일부가 되어 흘러가는 것뿐. 그리고 나는 그런 고래와 사랑에 빠진 불쌍한 인어였다. 견딜 수 없는 지루함에 목소리를 팔아버리고 새로운 사랑을 찾아 떠나는….

그래. 참 미안한 일이지만 나는 그가 지겨워졌다. 그를 아주 많이 사랑했지만, 그와의 일상에 점점 질려갔다. 처음에는 그의 고독함마저도 사랑할 수 있다고 믿었지만, 결국 나는 약해빠진 한낱 인간일 뿐이었다. 더도 말고 덜도 말고 그저 평범한 인간. 나란 인간에 대해 실망을 하면서도 그를 원망

하지 않을 수 없었다. 한 마디만 해주었다면. 사랑한다고 그 흔한 한 마디만 해주었다면, 나는 지금처럼 그를 미워하지 않았을 텐데. 그의 사정이 궁금할 때마다, 그에게 조심스럽게 말을 꺼내곤 했지만, 그럴 때도 한결같은 웃음으로 대답하곤 하던 그였다. 그래서 나는 그의 주변 사람들을 통해 그가 목에 이상이 있다는 것만 알고 있었다. 그래도 나를 그토록 사랑했다면, 한 번쯤은 말해줄 수 없었을까. 사랑해. 고마워. 미안해. 안녕… 한 마디만. 결국 한 달을 채 견디지 못하고 나는 그를 포기했다. 아니, 내 자신을, 그리고 우리의 사랑을 포기했다. 그를 평생 동안 사랑할 수 있을 거라 믿었던 내 자신을 포기한 거였다. 그에게 이 말을 꺼냈을 때, 그는 평소와 아무 것도 다르지 않았다. 그저 평소에 늘 보여주던 그 미소를 입가에 걸고 나를 살짝 내려다보았다. 아무런 말도, 어떤 변명도 하지 않았다. 그 모습이 오히려 더 미워져서, 그에게 빽 소리를 지르고 자리를 박차고 나왔다.

너 벙어리야? 변명이라도 좀 하라고!

다음 날, 그는 학교에 나오지 않았다. 단지 내 책상 위에 한 송이 꽃과 함께 편지 한 장이 놓여 있었을 뿐이다. 그때 그 종이조각에 깔끔하게 쓰여 있던 편지와 물망초 꽃 한 송이…. 그 이후로 나는 그를 다시 보지 못했다. 소문에 의하면, 그는 그날 이후로 그 동안 미루고 있던 유학을 떠났다고 한다. 그리고 그가 떠난 후 물병에 담가 놓았던 물망초 꽃은 시간의 흐름을 어기지 못하고 시들어 버렸다. 시들었지만 그 푸른빛만큼은 잃지 않고 있던 물망초 꽃. 그 안에는 봄날 벚꽃 길 아래에서 시작된 아픈 한 폭의 추억도, 푸른 심해를 헤엄쳐 다니는 고래의 희미한 그림자도 있었다. 참 다행이다. 한 때 사랑한 사람의 선선함과 따스함을, 그리고 고독과 상처를 모두 간직할 수 있어서.

눈물비

"…현아. 듣고 있니?"

"응. 듣고 있어."

이렇게 대답은 했지만, 사실 뭘 더 들으라는 건지 이해할 수 없다. 엄마는 분명히 나와 대화하고 싶어 하는 눈치였지만, 나는 더 이상 엄마와 이야기를 나눌 수 없었다. 이제 우리는- 곧 엄마가 불과 몇 초 전에 나에게 통보한 것처럼- 아주 멀리 떨어져서 살다가 서서히 서로를 지워나갈 텐데. 그러다가 언젠가는 서로를 잊어버리게 될 텐데. 물론 서로의 눈을 바라보면서 서로의 마음을 이해, 아니 적어도 그러려고 노력하면서 동등한 위치에서 나누는 대화를 기대한 건 아니었지만, 그래도 이런 일방적이고 무미건조한 통보는 좀 너무하다는 생각이 들었다.

엄마와 아빠가 이혼한다고 했다. 아니, 좀 더 정확히 말하자면 떨어져서 살기로 결정했다고 한다. 나를 위한 약간의 배려였는지 엄마는 '이혼'이라는 단어를 쓰지 않았다. 그렇게 말하면 정말 내가 상처를 받지 않을 것이라고 생각한 건지, 아니면 단지 엄마 자신이 상처를 받고 싶지 않았던 건지 알 수 없었지만, 나는 그냥 가만히 앉아 있을 뿐이었다. 엄마는 그게 나를 위해서도, 아빠를 위해서도, 엄마를 위해서도, 그리고 우리 가족을 위해서도 좋을 것 같다고 했다. 갑자기 속에서 무언가가 치밀어 올랐다. 도대체 엄마가 어떻게 아냐고, 그 결정이 나에게 좋을지 안 좋을지 어떻게 아냐고 묻고 싶은 마음이 목구멍까지 올라왔지만, 다시 꾹꾹 눌러 담았다. 그리고 조심스럽게 어떠냐고 묻는 엄마를 위해 한 마디 말을 겨우 끄집어냈다.

"아빠랑 살래."

엄마는 무슨 큰 죄를 지은 사람처럼 고개를 푹 숙이고 나의 눈을 차마 바라보지 못했다. 사실 나도 내가 왜 굳이 아빠랑 살겠다고 말을 한지 잘 모르겠다. 다만 내가 하는 일 하나에 하나 꼴로 잔소리를 해대는 엄마보다는 내가 뭘 하던지 무심한 아빠와 사는 것이 낫겠다는 생각을 했다. 적어도 아빠한테는 내가 어디에 갔다 왔는지, 누굴 만났는지, 대체 뭘 했는지 매일 보고할 일은 없을 테니까.

젊고, 다른 말로 철없는 엄마와 반항기 많은 사춘기 소녀인 나는 우리 가족이 다 함께 살 때도 끊임없이 싸웠다. 나는 하루 빨리 커서 어른이 되고 싶었다. 자유를 갈망했고, 내 나이 또래의 많은 사춘기 소년소녀들처럼 이 세상의 불합리한 모든 것에 호소하고 싶었다. 하지만 엄마는 내가 영원히 귀엽고 사랑스러운 엄마의 딸로 남아있길 바랬나 보다. 학교에 갔다 오면 제일 먼저 엄마에게 무슨 일이 있었는지 조잘조잘 말하는, 엄마가 입혀주는 옷은 모두 기뻐하며 불평 없이 입는 귀여운 아이 말이다. 엄마는 내 모든 것을 알고 싶어 했고, 또 통제하고 싶어 했다. 내가 혹시라도 좋아하는 아이가 생긴 것 같으면, 사실을 밝혀낼 때까지 몇 시간이고 나를 달달 볶았고, 내 비밀 다이어리를 내가 학교에 간 사이에 몰래 읽기도 했다. 그럴 때마다 나는 엄마에게 화를 냈고, 엄마는 예의 그 상처 받은 표정을 짓고는 일부러 나와 며칠 동안 말을 하지 않기도 했다. 몇 달 전에 있었던 학교 운동회 날, 내게 새로 산 분홍색 티셔츠를 억지로 입히려던 엄마의 행동에 너무나 화가 나서 주체하지 못하고 엄마에게 소리를 질렀던 적이 있다.

"엄마 난 엄마 딸이야! 장난감이 아니라고!"

결국 그날 나는 학교 체육복을 입고 운동회에 갔다. 그리고 그날, 운동회에 오지 않은 우리 반 학부모는 엄마뿐이었다. 친구들이 돗자리를 깔고 가족들과 함께 맛있는 도시락을 먹을 때, 나는 학교 근처 매점에서 빵을 사먹었다. 빵을 사서 매점 밖에 놓여 있는 더러워진 플라스틱 의자 위에 앉았다. 포장된 껍질을 뜯는데 눈앞이 갑자기 뿌옇게 흐려졌다. 목에 무언가가 걸린 것처럼 숨을 쉬기가 힘들어서 결국 그날 산 빵은 한 입도 먹지 못하고 쓰레기통에 버렸다. 마지막 남아 있던 엄마를 향한 나의 사랑도 함께.

그날부터였던 것 같다. 방문을 잠그기 시작한 것은. 그날 이후로, 나는 더 이상 엄마를 사랑할 수 없었다. 그날 상처받은 엄마의 눈빛이 떠올라 미안한 마음이 들 때도, 나는 차마 그 파란 뚜껑을 가진 쓰레기통을 다시 뒤져 버려진 나의 사랑을 되찾을 용기를 내지 못했다. 더욱 슬픈 사실은, 엄마도 그럴 용기를 내지 못했다는 것이다. 엄마도 나도, 그날 받은 상처가 너무도 깊고 아파서 다시는 그때를 떠올리고 싶지 않았다. 그래서 우리 곁을 지나쳐가는 시간들을 그저 무심히 흘려보냈다. 다시 돌아오지 못할 것을 알면서도. 그날부터, 내가 집에서 돌아올 때마다 집은 텅 비어 있었다. 그래도 무슨 미련인지 나는 늘 학교에서 돌아오자마자 텅 빈 허공에다 대고 "다녀왔습니다."라고 말을 했다. 들릴 듯 말 듯 조용하게 그 말을 속삭이고는 바로 내 방으로 들어갔다. 그리고 문을 걸어 잠갔다. 엄마는 아주 급한 용건이 아닌 이상은 나를 부르거나 방문을 두드리지 않았고, 우리 집은 겉으로 나름의 평화를 유지해 나가고 있었다. 그러나 오래 전부터 고여 있던 물은 서서히 썩어가고 있었고, 덧난 상처는 이미 곪은 지 오래였다.

도대체 어디에 시선을 두어야 좋을지 알 수가 없어서 책상 위에 묻어 있는 조그만 얼룩에 집중을 하다가 약간 머리가 어지러워서 창문 밖으로 눈을 돌렸다. 바깥 하늘은 평소와 같이 푸르렀다. 시원하고도 맑은 파란색 하늘 위에 하얀 구름이 아름다운 소용돌이를 그리고 있었다. 하늘색 커피에 크림을 듬뿍 떨어뜨리면 저런 모습이 될까. 멍하니 창문 밖을 내다보고 있는 나를 본 엄마는 갑자기 눈에서 크고 투명한 방울들을 하나 둘 떨어뜨렸다. 그 물방울들은 타일로 도배된 차가운 바닥 위로 떨어졌다. 빠른 속도로 낙하하던 눈물조각들은 곧 바닥에 닿아서 흔적도 없이 깨져 버렸다.

소리를 지르고 싶었다. 그동안 억지로 참고 있었던 무언가가 울컥하면서 쏟아져 나왔다. 소설 속 비련의 여주인공처럼 서글프게 울면서 누군가의 동정을 받고 싶은 마음도 없었고, 그 만큼 슬프거나 한 것도 아니었다. 단지 억울했다. 그 뿐이었다. 나는 이 세상에 엄마와 아빠의 딸로 태어난 것밖에 아무 일도 하지 않았는데, 신은 내게 너무 가혹한 벌을 내리고 있었다. 나는 늘 학급에서 우수한 학생이었고, 엄마 아빠의 자랑스러운 딸이었는데. 그 자리를 지키고 싶어서 시험 전날에는 새벽까지 공부를 했고, 학교에서 하는 경시대회가 있으면 잘하는 것 못하는 것 가리지 않고 도전했다. 그러나 이 모든 것은 나의 마지막 발악이었나 보다. 이미 금이 가버려서 더 이상 다시 붙일 수 없는 컵처럼 위태위태한 우리 가족을 조금이라도 더 이어나가기 위한 나의 슬픈 외침. 그리고 소리를 지르고 있었던 것은 나뿐이었다. 나 혼자만이 그 사실을 인정하지 못하고 있었다. 그래서 일부러 "우리 가족은 아무 문제없이 잘 살고 있어요." 하는 표정을 지으며 돌아다녔던 것이다. 그러나 내가 그토록 웃고 싶어서 노력하고 있을 때, 엄마와 아빠는 이미 울고 있었다. 그리고 내가 드디어 아픔을 이기지 못해 울려고 할 때, 엄마와 아빠는 울만큼 다 울어버린 것처럼 무미건조하게 그런 결정을 내려버렸다. 내 말은 듣지 않고, 내 눈물을 보아주지 않고.

엄마는 계속 울고 있었다. 나를 앞에 앉혀두고 잘 들으라고 해놓고, 엄마는 울음을 그치지 못하고 있었다. 엄마의 울음소리만이 이제는 텅 빈 부엌을 가득 메웠다. 울음을 참느라 흔들리고 있는 엄마의 어깨를 잡아줘야 하는 걸까. 늘 그래왔던 것처럼 아무렇지 않게 우는 엄마를 달래줘야 하는 걸까. 나도 좀 울고 싶은데. 이제는 나도 너무 아파서, 슬퍼서 참을 수가 없는데. 그동안 계속 꾸역꾸역 삼켜댔던 무언가가 목구멍을 타고 넘어왔다. 목구멍이 터질 듯이 타고 있었다. 그리고 눈에서는 눈물 한 줄기가 흘렀다. 이상하게 따뜻한 그 물은 흘러서 떡 끝에 방울져 맺혔다. 그리고는 차가운 식탁 위로 떨어져서 부서져 내렸다. 그 이상야릇한 온기에 그만 주체할 수 없는 눈물이 흘렀다. 아주 어린 아이처럼 소리 내서, 펑펑 울고 말았다. 그동안 참았던 무언가를 토해 내듯이 으앙, 하고 아주 서럽게.

그렇게 어느 맑은 가을 날, 엄마와 나는 식탁 앞에 서로를 마주보고 앉아 울었다. 엄마와 나의 눈에서 떨어지는 조그만 빗방울들이 곧 후두둑 소리를 내며 쏟아지는 소나기가 될 것만 같았다. 창밖으로 보이는 하늘은 구름 한 점 없이 맑았는데, 우리 집에는 괜한 비가 오고 있었다. 스쳐 지나가는 여우비인지, 뒤늦은 여름 장마인지조차 알 수 없는 비.

은하수로
에스프레소

원 은 재

사 진

막혀있는 이 종이 위에 창문을 뚫어주고
그 사이로 나는 숨을 내쉬어요

숨소리를 느낀 그대였겠죠
저 멀리에서 나를 바라보고 있네요

두 번째 이야기

愛

비로소 어느 존재를 사랑한다는 것은

비로소 그 어느 존재가 나를 더 이상 사랑하지 않는다는 것일까요

우리를 둘러싼 공기처럼 그렇게 하염없던 사랑네들이

하나 둘 작아지고 떠나가고 그리하여

숨을 쉬려 들이마신 그것이 공기가 아닌 다른 것임에

그때 허파가 타오르는 그 통증 그 싸아한 아픔에

그때 느끼는 공허함이라는 것이 뇌의 어느 몹쓸 부분에 의하여

사랑이라 착각하고 마는 것일까요

진심이 되기 위해

내가 하는 말들이
진심이 될 수 있도록
그대가 먼저, 믿어주세요

거짓과 가식에 흠뻑 젖어
내딛는 이 무거운 발걸음
달 뜨는 새 주저앉아버릴 이 밤

진심이 될 수 있도록,
그대가 먼저 믿어주어
식어버린 가슴에 불을 질러주세요

네번째 이야기
觸 手

내 손의 뜨거움을 알기 위하여
두 손을 맞잡아 본다

왼손이 오른손의 온기를 느끼는 것인지
오른손이 왼손의 온기를 느끼는 것인지
내미는 나의 손을 잡으며 그들이 느끼는 그 손이
따뜻했을까 따뜻했을까

알 수 없어 오늘도 이렇게
손 내밀지 못하고

내 두 손만 만지작 만지작

不 回

희뿌연 안개가 겉돌던 밤에
철새는 울었다

내 이리 비행하여 도달한
운명의 선착지란
그리도 짭짤한 바다였단 말인가

소금기가 멀리 내렸고
날개는 무거웠다

아아 철새는 고이 무거운 날개 접어
바다 한숨을 내쉬었다.

당연한 일

내가 보낸 사람이라 해도
결코 놓아줄 수 없는 것은

'나'는 곧 나의 기억
매 순간 나와 숨 쉬기에

열심히 기른 머리를
자르지 못하고 머뭇거리는 것과 같이

너무나도,
당연한 일인데.

세상을 등지고 서 있는 남자

길을 걷고 있었는데
모퉁이에서
세상을 등지고 서있는 남자를 만났다.

세상을 등지고 그는,
가난한 한 손에 담배 한 갑을
다른 한 손에는 아이의 낡은 심장을
힘줄이 돋도록 열심히 잡고 있다.

세상을 등지고 서있는 남자를
아직은 서 있도록
주저앉지는 않도록 한 것은

차마 팔팔 뛰는 아이의 심장에
흙을 묻힐 수는 없다는
그런 두려움이었을 거라고

떨리는 그의 다리에서
나는 피어오르는 무언가를 보고 말았다.
깊은 구석 숨어있었을 새하얀 무언가를 말이다.

쌀 과자

뻥! 하는 소리에
아이들은 달려든다

흙바닥에 한 더미 쏟아진
하얀 과자 탑

까만 주먹에 한 움큼 담아
주머니에 넣고 바지춤에 넣고

하얀 성 하얀 주인처럼
제일 큰 한 주먹은
작은 입 속에 넣고

못내 아쉬운지
긁어모으니 또 한 주먹

세상이 굶긴 아이들
그렇게 쉽게 걸려 버린
하얀 웃음 하나

그대를 위해서

옆에서 울고 있는 그대를 위해
해 줄 것 없이
토닥토닥, 보듬어주던 손이 민망해
등 뒤로 숨겨버렸습니다.

그대 울음 그치기 전에
노을 물든 구름 조각이나 따올 수 있다면
그때엔 그대 앞에나 설 수 있겠죠.

노을 진 그대 얼굴 황홀할 그 밤.

거머리

강남역 5번 출구는 항상 사람들로 붐빈다. 앉아 쉴 생각조차 하지 않아 보이는 사람들이 허공을 쳐다보며 발길을 옮긴다. 눈 깜짝할 새에 나타났다가도, 저 멀리로 사라지고. 발걸음이 너무 많아 하나하나의 소리가 들리지 않는다. 중저음의 윙윙거리는 소리가 나를 귀머거리로 만들고, 사람들은 소리 없는 발소리로 사뿐 사뿐히 땅을 가르며 지나간다. 모든 것이 한 폭의 회색 벽으로 스며든다.

난간에 걸터앉아 짐을 내려놓는다. 방금 사 온 두 잔의 라떼는 희뿌연 한 숨만 뿜어내고 식어간다. 미처 목도리로 감싸지 못한 내 볼이 차가운 공기와 맞닿아 얼어간다. 장갑 안의 손은 점점 차가워진다. 온기를 찾을 수 있는 그나마 가까운 곳은 아무래도 난간에 올려놓은 라떼이다. 따뜻함을 아껴 두려고 했는데- 어차피 벌써 식어버린 거, 나는 그냥 라떼를 내려 내 두 손 안에 꽉 쥐어버린다. 보통 날이었으면 그렇게 따뜻하게 느껴지지도 않았을 것 같은 온도. 하지만 오늘이기 때문에, 기상청에서 경고하지 않은 새파란 추위가 닥쳐온 오늘이기 때문에, 커피에 맞댄 내 두 손은 미지근한 온기에 만족하며 바르르 떤다. 지금 이 상황, 따뜻함이라는 것은 희소성을 띠기 때문에.

코트 주머니 속에서 핸드폰이 울린다. 차가운 핸드폰의 촉감에 내 손이 놀란다.

"여보세요."

"나야. 회사로 와 줄 수 있어? 갑자기 생긴 일을 처리하다가 너무 늦어버렸네. 이 근처에서 뭐라도 좀 먹자."

오늘따라 더 피곤해 보이는 말투이다. 무슨 일이라도 있는지, 괜히 건드리면 안 될 듯싶다. 벌써 식어버린 라떼를 나는 쓰레기통 속에 넣는다. 원가는 500원도 안 할 5000원짜리 라떼 두 잔. 내가 그들 손에 쥐어준 4500원은 과연 커피 농장에서 땀 흘려 일하는 일꾼들에게 돌아갈 수 있을까. 나는 얼른 제일 먼저 보이는 택시를 잡아타고 푸른 유리 빌딩들이 모여 있는 역삼동 한복판을 지난다.

"여기요."

요금을 내고 내렸을 때에 그는 벌써 나와 있었다.

"미안해. 오늘은 꼭 같이 보러 가고 싶었는데….”

"아냐. 대단한 공연도 아니었는데, 나중에 또 갈 수 있지. 뭐 먹을래?”

"네가 골라.”

그래서 우리는 곱창 집에 갔다. 뜨겁고 쫄깃쫄깃한 그 맛이 필요했다. 이렇게 차갑고 어수룩하기만 한 금요일 밤에는.

피어오르는 연기에 나는 부르르 떨었다. 사람들은 추울 때뿐만 아니라 갑자기 따뜻해질 때에도 떤다. 추워서 떨면 기분이 더욱 나빠지지만, 이런 떨림은 즐거운 떨림이다. 지금 나는 따뜻한 곳에 와 있다, 비로소.

"날씨가 꽤 춥지?”

"응, 꽤나. 몇 년 만에 닥친 최악의 추위라던데.”

"옷이라도 잘 챙겨 입고 다녀. 되도록이면 집밖에 나가지 말고.”

익어가는 곱창 하나를 집어 입 안에 넣는다. 쫄깃하다. 매섭게, 또는 고요하게, 사람들을 엄습해오는 이런 춥고 답답한 날. 무언가 내 집중력을 쏟아부을 것이 필요하다. 무언가 특별한 것이.

나는 화제를 돌린다.

"회사 일은 어때?”

"그럭저럭. 이번에 펄프 생산량을 2배가량 늘렸어, 수요가 급증하는 바람에."

"출판사들 입장은?"

"전자책, 뭐 그런 게 나온다고는 하지만 아직 종이 책을 대신하긴 힘든 게 사실이잖아."

"사람들이야 당연히 종이 책에 대한 정을 떼지 못하겠지, 하지만 그래도 환경보호를 생각한다면 전자책을 더 많이 보급해야 하잖아."

"그래도 사람들이 이렇게 고집스러울수록 우리야 좋은 거 아니겠어? 녹색 혁명? 에코 프렌들리? 말만 그렇지 요즈음 들어 회사 매출은 오히려 증가하는 추세라고. 인간들이야 말로 정말 이해할 수 없다니깐."

그는 냅킨을 집어 입가를 닦는다. 그리고 소주병을 들어 나에게 한 잔 따라 준다.

"소비자 측 반응은 생각해 봤어? 환경 단체 쪽에서 불매 운동이 일어날 수도 있어."

"하나의 유행일 뿐이잖아, 사람들은 이번에도 얼마 안 가서 이런 녹색 제품들에 질려버리고 말 거라고."

"그래도, 이런 거야 말로 정말 큰일을 해 나가는 작은 걸음일 텐데…."

"유행이니깐 회사 측에서도 가만히 있지는 않아. 어느 정도 시장 상태를 파악해가면서 적당한 '그린'의 요소들은 넣어가고 있어, 걱정 마."

또 나는 아기취급을 당하고 말았다. 대화의 맥은 뚝 하고 끊겼다. 나는 오히려 다행이었다, 이런 말다툼을 하고 싶어서 만난 게 아니었다. 나는 딱히 무슨 말을 덧붙이지 않았다. 그가 얼굴을 들어 나를 본다. 다른 사람들이 나누는 이야기 소리, 술잔을 부딪치며 외치는 건배 소리, 식기 부딪히는 소리가 하나로 뭉쳐져 잠잠하던 수면 위로 떠오른다.

그가 다시 이야기를 꺼내려는 순간 말을 끊고 자리에서 일어났다.

더 이상 떨림은 느껴지지 않는다.

곱창 집에서 나온 그는 회사에 들르자고 했다, 중요한 서류를 두고 왔다면서.

차가운 거리 위에는 동물의 털을 빼앗아 걸친 사람들이 걸었다. 어두워서 그런 건지, 얼굴은 모두 회색이었다. 그렇게 회색 얼굴을 한 사람들은 바람을 등지고 우리를 지나쳐 갔다. 나와 그는 바람에 부딪혀 걸었다. 소리 없이 매섭게 불던 바람에. 조금 뒤 푸른 역삼동 한복판의 푸른 빌딩이 보인다. 이 근처에서 푸른 것은 그것뿐이었다. 가로수들은 이미 낙엽이 진 지 오래, 아직 성탄절도 멀어서 반짝거리는 데커레이션도, 불빛도 없다.

자동문이 열리고 다시 닫힌다. 우리는 또다시 따뜻한 곳에 있게 되었다.

투명한 유리 엘리베이터를 타고 올라가 7층에 있는 그의 사무실에 들어섰다. 깜깜한 방의 스위치를 누르자 불이 환하게 켜진다. 야근하는 몇몇 사람들은 놀란 듯이 사무실을 향해 수척한 얼굴을 돌린다. 몇몇은 인사도 건넨다.

"오랜만이지? 내 사무실 와 본 거."

"오랜만은 무슨. 하나도 안 변했네."

사실 오랜만이긴 했다. 여기에 와 본지도 벌써 몇 달이 지났다. 내 손을 책상에 올려 매끄러운 표면을 만져 본다. 체리우드로 만든 것 같다. 그의 책상 위에는 종이의 역사와 문화 등을 다룬 책들이 가지런히 꽂혀져 있다. 그 가운데로 노트북 컴퓨터가 까만 바탕화면을 하고 앉아 있었다. 둥근 원통의 심플한 연필꽂이, 이런저런 연락처가 어지럽게 적혀져 있는 11월의 달력, 중요해 보이는 서류 뭉치들. 책상의 오른편 벽에는 볼펜으로 메모된 포스트잇들이 덕지덕지 붙어 있다. 그 사이로 몇 개의 사진도 보인다. 아프리카나 남미 지대로 보이는 울창한 숲의 사진.

누런 서류 봉투를 집어 들며 그가 말한다.

"이거면 돼. 어서 가자."

나를 바래다주겠다는 그의 차에 탄다. 조금 뒤, 히터를 키고 차 안이 따뜻해지자 나는 그에게 물었다.

"목재는 그 숲에서 가져온 거야?"

"그 숲이라니?"

"사무실 벽에 붙여져 있던 사진."

"아, 어. 이번 년에 새로 개발하게 된 자리. 목재가 크고 질도 좋은데, 값도 싸더라고. 그쪽 인건비가 낮아서 그런가."

깔끔하게 포장된 고속도로 위를 달린다. 서리가 낀 차창을 손으로 닦으니 우리와 함께 달리는 조용한 한강이 보인다. 노란 달 하나만 그 위를 떠다니며 회색 강을 비춘다. 차가워진 손을 주머니에 넣었다. 하늘엔 별 하나 없다. 강 위에도 없다. 천장으로 막아 놓은 것이나 다름없이 뿌옇기만 한 서울의 하늘.

여느 날이나 다름없이 집 앞에 도착한 나를 그가 안아 준다.

"잘 들어가. 너무 늦게 자지 말고."

거의 귓속말을 하다시피 작은 목소리이다.

그에게 한 번 웃어 주고 말없이 뒤돌아 집으로 들어갔다. 현관문을 닫고 그 뒤에 기대어 섰다.

창문의 블라인드 사이로 밖을 내다본다. 푸르스름한 달의 그림자 속에 그의 자동차가 떠나는 모습이 보인다.

불을 켜고 냉장고에서 플레인 요구르트를 하나 꺼낸다. 분홍색 아이스크림 스푼을 가지고 와 소파에 앉는다. TV에선 몇 년 만에 닥친 추위로 인한 피해를 다룬 뉴스가 나오고 있다. 하우스에서 재배하던 농작물이 모두 얼어버려 농장 주인들이 통곡을 하는 모습이 비춰진다. 난방이 되지 않는 빈민촌의 단칸방에서는 몇 명이 얼어 죽는 사건이 발생했다. 싸늘한 시체는 하얀 거즈에 쌓여 119 요원들에 의해 들것에 올려진다. 영영 떠나는 이웃을 위해 눈물 흘리는 사람은 아무도 없다. 현실 속의 아픔에 무뎌져 버린 그들의 얼굴은 초췌하다.

채널을 돌려 보니 1980년대 전쟁 영화가 나온다. 모래가 날리는 전쟁터 위에서 한 병사가 자신의 피를 빠는 거머리를 보며 역겨운 표정을 짓는다. 하지만 그는 움직이지 못한다. 벌써 여러 곳에서 출혈은 시작되었다. 날리는 모래 속에 그는 아무것도 보지 못한다. 누가 자신을 향해 오고 있는지, 그는 알지 못한다. 화면이 페이드아웃 된다. 아마도 병사의 죽음을 묘사하는 장면일 것이다.

TV를 끈다. 플레인 요구르트는 오늘처럼 단조로운 날을 더욱 단조롭게 만든다. 따분하다.

한 사람이 푸른 빌딩에서 푸른 인생을 산다. 다른 이들의 인생은 이만큼 푸르지 못하다. 그 사람은 다른 사람들의 푸르름을 약탈한다. 거머리처럼 무서운 속도로 그것을 빨아낸다. 다른 이들은 점점 더 회색 인생을 산다.

빼앗긴 푸르름의 자리는 공허하다. 그 텅 텅 빈 자리엔 매서운 추위만 맴돈다. 아니, 황폐해진 숲이 서 있고, 임금도 받지 못하는 커피 농장의 노동자들이 서 있고, 흙빛 일출로 뜨는 단조로운 도시 아래 회색 얼굴의 사람들이 서 있다. 자세히 들여다보니, 그 중에는 나도 있다. 그도 있다. 그리고 모든 사람이 있다. 무엇이라도 하고 싶다. 지푸라기라도 잡아 이 세상을 조금 더 나은 곳으로 만들고 싶다. 하지만 어쩔 수 없다, 아직은 너무 따분하다. 출렁이며 앞으로 나아가는 이 사회 속의 나는 아직 소파에서 일어나기 두렵다.

잉크에
굶주린 미개인

임 장 명

까마귀의 환상곡

무대 위의 주역은 언제나
온몸을 백색 깃털로 치장한 백조

백조들이 흰 날개를 퍼덕이며 연주하는
사소한 실수조차 전무한
격식 차린 고전 음악에
관객은 환호성을 내지른다

백조는 자만심에 뭉친 조소를 머금는다
단지 그들은 주어진 악보 위 선율을
그대로 읊었음에도

관객은 마치 마음속 깊이 감동한 듯
뿌연 눈물을 내비친다
백조가 흩날린 그 백색 깃털에 묻은
끈적한 오물을 전혀 눈치채지 못한 것처럼

무대 위 그늘에는 언제나
순흑색 깃털을 가진 까마귀

까마귀들이 거칠게 연주하는
그 요란하면서도 멋진 환상곡에는
연주회장의 어느 누구도 관심을 가지지 않는다

관객들 가운데에는 간혹
까마귀들의 연주 속 사소한 불협화음에
고개를 치켜들고 언성을 높이는 이도 있다

그러나 까마귀들은 꿋꿋이 연주한다
그 어느 누군가가 자신들을 비난하든,
욕설을 퍼붓든
마치 그들의 안중에는 없는 듯
오로지 제각기 맡은 역할만을 연주회장에 토해낸다

까마귀들의 환상곡은
연주회장을 넘어 저 높은 창천을 울린다
아무도 이들의 연주를 이해 못할 지 언정
모든 것을 초월해 저 높은 창천만을 울린다

관객들의 찌푸림을 바라보며
연주가 막을 내려도
까마귀들에게서 아쉬움이나 창피함은 찾아 볼 수 없다
눈에 들어오는 것은 뿌듯함과 만개한 웃음뿐

연주회장에 어둠과 정적이 내려앉으면
무대 위 백조와 까마귀의 사뭇 다른 두 땀은 모두 식어버린다
그러나
백조의 때문은 깃털을 덮은
까마귀의 순수한 흑색 깃털만은 오래도록 광채를 빛낸다

나그네와 귀향길

나그네는 일야, 쉼 없이 길을 걷소
사진(砂塵) 아래 길은, 그 퀴퀴한 사로는 곧지만 험하오
먼 산 너머 길은, 걷고 또 걸어도 끝이 보이지 않으니
나그네를 위해, 간간이 먼지 쌓인 낡아빠진 이정표가 서있소
교차된 화살표가, 하나는 앞을 향해 하나는 뒤를 향해
문득 뒤돌아 보면, 그곳엔 제 자신이 본래 있던 곳으로
그 곳을 향해 뻗은 귀향길이 놓여있소
삿갓으로 얼굴을 가린 나그네, 아니 그늘에 얼굴을 숨긴 나그네
귀향길이 그들에게 흘리는 것은 실소인 듯, 혹은 조소인 듯
뜯어진 풀잎과 함께 모래가루를 풀풀 날리며 손짓을 하오
그들이 삿갓 아래 눈을 반짝이면, 빛나는 그 길은 평연하고 깨끗한 길
발만 올리면 그간 억겁의 여정이 한 순간에 무(無)로 돌아갈지니,
그곳엔 내내 죄어왔던 무거운 분위기로부터의 해방이 기다리겠지만
본지에 도착하면 이내 족쇄가 채워지리오

혀를 날름거리는 귀향 길을 외면해야만 나그네이니
나그네의 본분은 정면만을 보고 걷는 것이오
몸이 녹초가 되더라도 뒤를 바라보는 것은,
귀향 길에 발을 올리는 것은 허락되지 않았소
나그네의 사명은 끝을 보는 일이오
저 멀리 지평선을 넘어 이 길의 끝에는
무엇이 기다리고 있는지 두 눈에 담아 오는 것

삿갓 쓰고, 배낭 짊고, 지팡이 지고 가는 나그네
오로지 그것들만이 나그네가 가진 것이오

눈을 가리면

눈을 가리면,

휘황찬란한 보석으로 치장한 이의

스멀스멀 피어 오르는 저 탁한 잿빛연기가 보여

눈을 가리면,

슬픈 그림자를 길게 늘어뜨린 거지의

아직 꺼지지 않은 투지의 불이 희미하게나마 보여

눈을 가리면,

내리 앉은 어둠 속의 고독한 살인자의

가슴 아리게 후회하는 온전한 인간성의 모습이 보여

눈을 가리면,

다리마저 절뚝거리는 저 미치광이의

잔잔히 흘러나오는 따뜻하고 편안한 마음의 소리가 보여

눈을 가리면,

내 가슴 어둠 속, 저 별의 찬란한 성광과

펼쳐진 성야 아래 곧게 놓여진 끝없는 길이 또렷이 보여

눈을 가리면.

동화(童話-同化)

어린 시절
그곳엔 동화가 있었다

아,
그곳은 몽환의 심산
산등성이 따라 올라가다 길이 끊기면
울울창창, 삼연한 그곳에 걷다 보면 보이는 오두막집
눈이 시린 창공, 유유히 흘러가는 청운
그 아래 홀연히 서 있는 집 옆엔 가느다란 물줄기 흐르고
문 손잡이를 돌리면 보이는 것은 어둠 속, 그 따스한 포근함
어찌 말할 수 없는 그 느낌에 잠에 든다―
아아,
그곳은 유쾌한 축제
밝디 밝은 성광 뿌리는 저 북극성 따라가면
이글이글, 저 멀리 아렴풋이 타오르는 모닥불
넘실대는 화기, 춤추는 이들의 덩실대는 그림자
그 어른거림 속 그곳에 퍼지는 음악소리와 웃음소리는
어느 샌가 모닥불에 녹아 든 내 모습을 감싸니
어찌 말할 수 없는 그 느낌에 함께 춤춘다―

그곳엔 동화가 있었다
나는 그곳에서 노래하고 싶었다

아아아, 무정한 동화여
그러나 나는 지금 어디에 있는가

허망의 기억

조각, 그 겉면에 아스라히 기록된 그대의 모습은

마치 안개에 가린 듯, 혹은 층운인가, 그 뿌연 시야 속에서

나를 바라보고 있었음에 틀림없다

또 조각, 그 겉면에 선명하게 기록된 그대의 모습은

나의 우매함을 보며 박장하며, 대소를— 폭소를—, 조소를—

깔깔대며 흘리고 있었음에 틀림없다

또 한번 조각, 그 겉면에 아릿하게 기록된 그대의 모습은

허공에 손을 젓다 주저 앉는 나를 보며 무정하게 등을 돌려

서서히 그 모습을 지워 갔음에 틀림없다

마지막 조각, 그 겉면에 어지럽게 기록된 그대의 모습은

광분에 젖어 오열하는 나의 주위를 엄정한 표정으로 유유히,

그러나 보이지 않게 조용히 배회함에 틀림없다

진혼곡

마지막 악보에는 진혼곡을 담는다

진혼곡은 종지부—
잠시 후의 자신에게 바치는 진혼곡을,
슬픔과 애도의 눈물을 흘리는 진혼곡을 담으니
그것으로 여태껏 그려진 모든 악보의 종지부를 찍는다

진혼곡은 비통—
아무리 멋진 악상이 떠올라도
불가항력으로 그려낼 수 밖에 없는 진혼곡은
비정하게 모든 것을 앗아간다, 지금껏 쌓아놓은 악보와 기회마저도

진혼곡은 시발점—
미지의 세계로 이어지는 통로의 입구이다
 그것은 슬프고도 아름다운 세상에서 벗어나 새로운 시작을 알리는 종소
리이며
 기지(旣知)의 세계와 그 누구도 알 수 없는 미지의 세계를 이어주는 이음
새이다

우리는 그 세계에서 무엇이 기다리고 있는지 모르기에,
그렇기에 수많은 악보를 그려낸다
그렇게 수많은 악보에 자신을 남겨놓곤 끝끝내
마지막 악보에 웅장한 진혼곡을 담는다

패잔병1

코끝을 찌르는 혈향이
진하고 진하게 진동하는
붉은색 하늘

오래 전 차갑게 식어버린
일그러진 고깃덩이만이 나뒹구는
검붉은 대지

오갈 데 없는 모자(母子)의 통곡소리는
고막을 찢어발기는 화약소리에 파묻히고
공포에 젖은 가녀린 소녀는
그 자리에 주저 앉아 두 안공에서 선혈을 흘린다

이 무고한 피의 향연에서
그 누가 승리자이며
그 누가 패배자인가

여기 삶과 죽음의 갈림길,
죽고 죽이는 나선 위에 선 이는
모두가 평생토록 아릴 흉터를 짊어질 패잔병일 뿐

패잔병2

패잔병들의 마을에는
오늘도 살며시 내리 앉은 모색(暮色) 속에 노을이 진다

마을 입구의 말라 비틀어진 고목 위엔
날개 꺾인 참새 한 마리
사력을 다해 푸드덕거리며 제 새끼를 지키고
마을 변두리의 으슥한 동굴 속엔
갈기 잃는 사자 한 마리
털 속에 파묻힌 날카로운 발톱을 간다

너덜거리는 외투 하나 걸친
초라한 패잔병은 짙은 그림자를 길게 늘어뜨리며
전의만은 상실치 않은 채
살며시 미소 지으며 제 있던 곳으로 돌아간다

패잔병들의 마을은
오늘도 살며시 내리 앉은 모색 속에 여명을 맞는다

피라니아

 거센 움직임 없이
잔잔한 유동만이 있는
그 드넓은 강 위,
괴석(塊石) 하나 힘껏 던져보지만
돌아오는 것은 고요함 속 물 흐르는 소리뿐

그 편안함에 끌려
강 한가운데에 몸을 내던져본다

바깥 세상과는 동떨어진 이 세상에는 어둠만이,
오로지 그것만이 존재하니,
점점 가라앉는다
그리고 가슴을, 머리를 죄어오는 두려움과 공포에
아득해지는 의식을 사력 다해 붙잡는다

으득, 으드득
무엇인가 나의 다리를 물어 뜯는다
팔이 물어 뜯기고 목이 물어 뜯긴다
괴상을 한 시커먼 그것은 점점 불어나
내 모습이 묻히도록 달라붙어
찢어 발기고 또 찢어 발기고
또 찢어 발기고 찢어 발긴다

하상(河床)에 닿을 즈음에는
나의 모습은 온데간데 없고
단지 남아 있는 것은 흩어진 뜨거운 피 속,
날카로운 이빨을 번득이는 물고기들

비릿한 미소를 지은 채 유유히 흐르는
물고기만이 있을 뿐이다

한겨울의 이야기 '뿌리'

황폐한 대지의 중심에 생명의 새싹이 싹트고 있었다. 이 파릇한 녹색의 새싹은 주변의 영양분을 흡수하며 빠른 속도로 성장해가고 있었으나 주변은 잡초 하나 나지 않은 그야말로 황지(荒地). 나무 대신에 돌덩이만이 자리잡고 있고, 물기 하나 없는 이 대지에 뿌리를 내린 싹이 정말 기적처럼 보였다.

얼마 전이었다. 고공을 마치 제게 익숙한 곳 마냥 자유롭게 나는 까마귀 한 마리가 나선을 그리며 날고 있었다.

"까--악."

까마귀는 평소와 똑 같은 높이, 톤의 울음소리였지만 오늘따라 구슬프게만 들렸다. 그렇게 긴 시간 울고 나니 까마귀는 천천히 하강하기 시작했다. 하늘은 구름 한 점 없이 푸르름의 극치에 달했고 숲 역시 살랑거리며 부는 바람에 뒤척일 뿐 평화로웠다. 마을엔 여느 때와는 달리 분주히 일을 하는 사람들은 거의 없었고, 도시의 시장 가에도 평소와 달리 끝을 모르던 인파는 사라져 있었다. 세상은 조용했다. 유난히 조용하고 심심한 날이었다. 하지만 숲 속 으슥한 동굴은 바깥 세상으로부터 도태된 듯, 불길함만이 그곳을 가득 메우고 있었다. 동굴엔 빛이 들어오지 않았다. 하지만 입구는 거대했다. 마치 맹수 한 마리가 입을 쩍 벌린 것 같은 형상. 돌로 만들어진 날카로운 원뿔 형상의 돌이 입구의 변두리에 가득 돋아나 있었고, 그 때문인지 사람들의 발길은 전혀 닿지 않은 듯 했다. 빛은 충분히 입구에 비집고 들어갈 수 있었다. 그러나 들어가질 않았다. 아니, 들어갈 수 없었다. 진한 어둠만이 가득 채우고 있는 동굴에 감히 빛이 무슨 수로 들어 갈 수 있겠는가.

'저벅, 저벅'

그 순간 동굴에서 사람 한 명이 걸어 나왔다. 그 걸음걸이가 너무도 자연스러워 어떻게 동굴 속에서 걸어 나올 수 있었는지에 대하여는 아무도 생각할 수 없었다. 물론 그곳엔 아무도 없었지만. 그는, 아니 대낮에 그림자도 못 가진 사람 형상을 한 것은 그렇게 나무 사이로 유유히 사라져 갔다. 그리고 동굴 속엔 빛이 가득 메워졌다.

"……기적이다."

깊은 산 속에, 마치 인간의 발길이 끊긴 듯한 곳에 나무로 이루어진 집의 형상을 한 건물이 세워져 있었다. 그 속에서 한 소년이 감격에 젖어 눈물을 흘리며 손에 쥐고 있던 화분을 끌어 안고 있었다. 멀쩡하게 생긴 소년이 화분을 끌어 안으며 주저 앉아 통곡하는 모습은 보기에 따라 웃기기도 하고 안쓰럽기도 했다.

"아버지! 싹이 텄어요!"

소년은 환한 얼굴을 하며 문을 열고 밖으로 뛰쳐나갔다. 외견상, 인간과는 거의 다른 점이 없지만 유심히 살펴보면 귀가 뾰족하다는 걸 알 수 있는 숲의 수호자인 소년이 인간에게 '아버지'라 부르며 달려가고 있었다. 만약 그 소년이 인간과 수호자 사이에서 태어나 혼혈이라면 모를까, 그는 손색 없는 완벽한 수호자였다.

'숲의 수호자'. 간혹 엘프라고도 불리는 숲의 수호자는 자연의 가호를 받으며 인간이 이 땅에 발 딛기 전부터 숲에서 거주하던 신비로운 종족이다. 그들은 푸르다. 그들에게서 피어나오는 향기는 푸르르고 또 포근하기에 그들이 곁에 있을 때, 눈을 감고만 있으면 인간에게는 자연, 그 자체였다.

오래 전만해도 인간과 엘프, 두 종족은 서로 교류하며 우호적인 관계를 맺고 지냈다. 그러나 최근 들어 인간이 지나치게 자연을 파괴하고 횡포를 부려 자연을 사랑하는 엘프로서는 그 만행이 못 마땅하게 여겨진 것이 당연지사였으니 인간과 수호자의 관계의 행방은 점점 나쁜 쪽으로 기울어져 가고 있는 추세이다. 그런데 한 인간과 한 엘프가 부자의 연을 거론하고 있으니 선뜻 보기에는 이해가 가지 않는 장면이었다.

"오, 그게 정말이냐?"

소년의 말에 대답한 이는 아버지라고 불리기에는 너무 젊은 청년이었다. 그러나 젊은이에게서는 보일 수 없는 노기를 풍기고 있었다.

"정말 다행이군. 그 녀석이 오기 전에 싹을 틔울 수 있었어."

그는 화분 속에 싹튼 새싹을 바라보며 그렇게 외치며 탄성과 함께 눈물을 흘렸다. 그러나 얼굴 가득 기쁨을 내비치던 것도 한 순간, 그는 갑자기 심각한 표정을 지으며 소년을 바라보았다.

"아직 이 희망의 새싹은 완전한 것이 아니야. 젠장, 나는 이 곳에 얽매여 있어서 그곳으로 가져갈 수 없어. 또 많이 늙어서 소멸의 시간도 머지 않았지."

"아버지, 그런 말 마세요."

리베르라고 불린 이 소년은 인간의 나이로는 얼핏 보기엔 열 대, 여섯 살쯤 되지만, 엘프, 더군다나 거의 나이의 제약을 받지 않는 엘프이기에 나이가 어느 정도 되는지 도통 짐작하기 어렵게 된다. 또한 그에게는 늙었다고 말하기엔 너무나도 경쾌한 분위기, 젊다고 말하기엔 너무나도 짙고 거대한 기운을 동시에 지니고 있었기에 사람들로 하여금 그의 나이를 짐작하기 더욱 어렵도록 하였다.

"그럼 장보러 갔다 올게요."

리베르는 그 말을 끝으로 몸을 돌려 산밑으로 향했다. 그의 집은 산 깊숙이 자리잡고 있어 산에서 구할 수 있는 것을 제외하고는 번화가로 물건을 사러 가야 했다. 물론 하늘을 날아가면 그 먼 거리도 순식간에 다다를 수 있지만 긴급한 상황이 아니면 주변 경관도 구경할 겸 걸어가는 편이었다.

그 순간이었다.

'쾨광!'

"무, 무슨 일이지?"

산 위에 집이 무척이나 작게 보였을 때 즈음이었다. 그 거리라면 보통은 안 들리기 마련이지만, 그것은 인간의 관점에서 바라본 것일 뿐, 귀와 같은 기관이 무척 발달된 엘프로서는 그 정도 소리쯤이야 듣기에 무리는 없다. 물론 그 소리가 어디서 들리는 소리인지 파악할 수 있었다.

"집 쪽에서 나는 소리가 분명한데…… 아버지!"

이 느낌은 분명 마법을 이루는 마나의 미세한 움직임이다. 그렇게 직감적으로 아버지가 위험할 수도 있다고 느낀 그는 온 힘을 다하여 산을 올라갔다.

"헉, 헉"

무엇인가가 보이기 시작한다. 분명 집은 따뜻하고 평화로운 초록색이었는데. 눈에 보이는 것은 오로지 이글이글 타오르는 붉은 색의 무언가.

"말, 말도 안돼……."

리베르는 넋이 나간 듯 중얼거렸다. 그와 아버지가 여태껏 생활하던 정들은 집은 이미 불길에 삼켜져 버린 지 오래였다. 아버지와의 오랜 추억이, 나무 한 조각 조각마다 깃든 그의 애정이 불에 타 들어가고 있다.

"아버지!"

그러고 보니 아버지의 행방이 묘연했다. 혹시 불길에 휩싸여 버린 것이 아닐까. 하지만 그는 아버지가 누구인지 알기에 그것은 절대 있을 수 없는 일이라 확신했다.

"큭! 리베르!"

어디선가 그를 부르는 목소리가 들려왔다. 그와 동시에 한 마리의 빛나는 새 한 마리가 가공할 만한 속도로 하늘로 날아 올랐다.

"젠장, 아버지!"

리베르가 욕을 내뱉으며 소리를 친 순간 새의 몸에서 눈이 멀 정도의 빛이 뿜어져 나오더니 그것의 모습 점차 인간의 형상으로 바뀌기 시작했다.

"제기랄, 그가 세상에 나왔다! 리베르, 어서 도망가!"

새의 바뀐 모습은 다름아닌 리베르의 아버지. 그의 얼굴에는 다급함이 어려 있었다.

"아버지를 놓고 갈 순 없어요!"

"네겐 저게 안 보이는 것이냐!"

그가 손가락으로 밑을 가리켰다. 그 순간에도 끊임 없이 타오르는 불길에 가려진 곳으로부터 검은 색 연기가, 순흑(純黑)의 암흑이 마치 춤을 추듯 스멀스멀 피어 오르고 있었다. 그러다 피어 오르던 연기가 뭉치더니 인간에 형상을 이루기 시작했다.

"그대가 이르베스인가?"

"호오, 내 이름을 잘 알고 있군. 역시 저번에 '그' 와는 다른 '그' 인가? 제길, 나올려면 내가 죽은 뒤에 나오지, 성격 한 번 급하구만, 자네."

이르베스라 불린 리베르의 아버지는 입가에 허탈한 웃음을 지어 보였다. 리베르는 도망치라는 이르베스의 말을 망각한 채로 그들에 대화에 빠져들었다.

"이게, 햇빛이라는 건가? 정말 거슬리는군. 동굴 속은 정말 편안했는데 말이야."

"음, 여전히 악취미군, 그래."

"아아, 빨리 이 세계를 먹어 삼키고 저 해부터 먼저 없애야겠어. 그렇다면 여기서 낭비할 시간은 없지."

'그' 는 이르베스를 똑바로 응시했다.

"자, 어서 그것을 내놓는 게 좋을 거야."

"그것이라니? 난 모르는 일인데."

"후, 후훗, 후후후후."

'그'는 마치 광인처럼 고개를 치켜들고 괴기한 소리로 웃어댔다. 그리고는 언제 그랬냐는 듯 표정을 바꾸고 리르베스를 쳐다보았다.

"시치미 떼지마! 내가 그걸 모를 줄 알고 그러는 게냐! 세계수! 그 저주스러운 이름, 세계수! 그걸 네가 모른다고! 끝까지 숨길 테면 무력으로라도 빼앗겠다."

"제길, 이런 상황은 전혀 마음에 들지 않아. 리베르, 세계수의 싹은 입구 쪽 이공간(異空間)에 넣어두었다. 어서 그것을 가지고 성지로 가거라! 실패는 결국 이 세계의 멸망으로 이어진다."

"하지만, 아버지……."

"난 괜찮다. 이런 녀석에게 당할 내가 아니야. 자, 어서 가!"

리베르는 이르베스의 호통소리를 듣고 있는 힘껏 입구 쪽으로 달렸다. 하지만 불운하게도 그 시도는 허무하게 발각되어 버렸다.

"감히 어딜 도망가!"

'그'가 방향을 틀어 리베르에게 기운을 뿌렸다. 아직 이르베스와 막상막하의 대치 중이라 조금만 힘을 빼어도 밀리게 되지만 리베르, 한낱 엘프쯤이야 빨리 해치워버릴 수 있으니 작은 어둠을 그에게 뿌린 후, 서둘러 이르베스와의 싸움에 임했기에 버티는 데에 지장은 없었다.

"제기랄!"

리베르는 엄청난 속도로 자신에게 다가오는 검은 기운을 바라보며 직감적으로 그것은 피할 수 없는 공격이라 느꼈다.

'퍼억'

리베르는 일촉즉발의 상황에 결국 두 눈을 질끈 감았다. 그러나 요란한 소리만이 들릴 뿐 전혀 고통은 느껴지지 않았다. 그는 감겨 있던 눈을 다시 열고 앞을 바라보았다. 아련한 인영. 그 성스러운 빛은 점점 어둠에 잠식되어 가고 있었다.

"아, 아버지?"

"크, 어서, 어서 도망 가아!"

이르베스는 혼신의 힘을 다하여 고통에 찬 목소리로 외쳤다. 리베르는 혼란스러워 도무지 제대로 된 판단을 세우지는 못하였지만 이르베스의 발을 따라 온 힘을 다하여 달렸다. 그리고 그의 귓가에 나지막한 목소리가 들려왔다.

"……나는 죽어서도 이 자리에서 나무가 되겠다. 언젠가 찾아오거라. 저 푸르디 푸른 숲의 영광이 그대에게 있기를, 안녕."

그 말을 들은 순간 리베르의 눈가에서는 주체할 수 없는 슬픔이 눈을 따라 흘러 내렸다. 엘프의 인사법. 처음에 그가 이르베스에게 거두어졌을 때 처음이자 마지막으로 썼던 인사법. 눈물이 주르륵 끝을 모르고 흘렀다. 그러나 그것리 마치 그와 이르베스의 이별을 알리는 것 같아, 그는 있는 힘껏 눈물을 멈추려고 애를 썼지만, 눈물은 도저히 멈추질 않고 리베르의 얼굴을 물들였다.

"흑, 숲, 숲의 가호가 그대에게도, 안녕."

"훗."

리베르가 울먹이는 소리로 말한 대답에 이르베스는 가볍게 웃음으로 답했다.

"넌 절대 리베르에게 손 댈 수 없다!"

분노에 찬 목소리가 울려 퍼졌다. 이미 리베르는 산을 내려 와 자신의 집이 있던 쪽을 바라보고 있었다. 그리고 그는 세상을 물들이는 이르베스의 혼신의 일격을 보았다. 그 광경을 바라본 리베르는 눈물을 훔치고 다시 산으로부터 멀어져 가기 시작했다.

'쫘악'

공간이 찢어졌다. 그 속에 부유하고 있는 것은 작은 화분. 리베르는 그 것을 손에 쥐고 다시 성지를 향해 달렸다. 하늘에는 먹구름이 끼었다. 아니, 단지 그렇게 보이는 것뿐이지 먹구름 따위는 어디에도 없었다. 그러나 하늘은 어두웠다. 실제로 그런 것인지, 단지 그의 눈에만 그렇게 보이는 것인지.

'성지가 멀리 있지 않아 다행이야'

이르베스는 성지에 가까이 위치한 곳에 집을 짓는 것이 좋다고 하여 그의 집은 비교적 성지와 가까운 거리에 있었다. 하지만 결코 짧은 거리는 아니었다.

"헛."

그렇게 한동안 정신 없이 달리다가 그는 한 마을에 도착했다. 아니, 이 곳은 더 이상 마을이라고 불릴 수 없었다. 참혹한 광경이었다. 이미 마을 전체는 불에 삼켜져 집들은 이미 형태를 잃고 재뿐이 남았다. 간간이 보이는 사람의 형상을 한 시체에서도 악취가 풍겨져 왔다.

"제길, 이 곳을 통과해야 하는 건가."

리베르도 엘프로서 무척 오랜 기간 살아 왔고, 이보다 참혹한 광경도 수 없이 보아왔으나, 역시 이런 암담한 광경에는 익숙해지지 못하는 것 같다. 결국 그는 조금이라도 시간을 단축하기 위해 마을을 가로지르기로 했다.

'저벅, 저벅'

스산함을 느끼며 재를 밟고 걸어가던 도중 그는 무엇인가, 발소리가 아닌 무엇인가가 귀를 간질이는 것을 느꼈다. 그는 걸음을 멈추고 주위에 집중했다.

"흑, 흑"

가까운 곳에서 누군가의 울음소리가 들려온다. 리베르는 쉽게 그 소리의 출처를 밝힐 수 있었다. 이미 폐허가 되어버린 한 건물. 그 속에서 어린 소녀가 몸을 떨며 흐느끼고 있었다.

"애야, 도대체 어떻게 된 거니?"

리베르는 소녀에게 다가서며 말했다. 그러나 소녀는 고개를 숙인 채 쓰러질 것만 같은 목소리로 대답하였다.

"어둠이…… 마을 사람을 하나씩…… 하나씩……."

"뭐라고?"

그녀의 말은 리베르에게 대강이나마 마을에서 일어난 일을 짐작할 수 있게 해주었다. 그 순간이었다. 소녀의 몸이 심하게 요동치더니 등에서 뿔이 솟아 나고 온 몸에는 털이 돋았다. 그리고 마치 탈피를 하듯 괴기한 괴수가 그녀의 몸을 찢고 나왔다.

"크아아!"

"큭, 이것도 그 녀석의 힘인가."

분명히 그녀의 선천적인 기운의 흐름에 따르면 소녀는 인간이 분명했다. 그러나 인간이 괴수로 돌변하였다면 그것은 타의적인 것이 틀림없었다.

'슉, 슉'

괴수로 변한 소녀는 날카로운 손톱을 휘두르며 상당히 위협적인 공격을 해왔다. 괴수의 눈은 붉게 충혈되어 있었으며 이미 이성을 잃은 듯 마구잡이로 공격했기 때문에 빈틈은 눈에 띄게 많았다.

"나도 이렇게까지는……"

리베르는 생명의 위협을 받았으니 어쩔 수 없다고 생각하며 두 눈을 질끈 감고 검을 휘둘렀다.

'서걱'

괴수는 비명을 지를 틈도 없이 그 자리에서 쓰러졌다. 어쩔 수 없는 상황이었다지만 죄책감이 드는 건 어쩔 수 없는 법. 결국 리베르는 가슴에 찝찝함을 남겨둔 채 마을을 나왔다.

체력을 비축하기에는 말을 타고 달리는 것이 훨씬 좋다. 다만 지금은 1분 1초가 아까운 상황. 평범한 생물이라면 보통은 말보다는 훨씬 느릴 것이 분명하지만 엘프면서 단련된 몸을 지닌 리베르로서는 말쯤이야 가볍게 제칠 수 있다. 리베르는 마을을 떠나고부터 며칠 동안 밤낮 내내 달리고 또 달렸다. 지금껏 그의 유일한 이동수단은 이르베스의 마법을 통한 것이었다. 그것이 가장 쉽고 편리한 방법이었기 때문에 솔직히 말해서 리베르는 도보를 이용해 걸은 적이 거의 없다. 따라서 길도 제대로 알지 못한다. 불행 중 다행이라면 적어도 성지가 위치한 방향만큼은 알고 있다는 것. 그렇게 한시라도 빨리 성지에 도착해야 한다는 사명감에 불타 올라 계속 달렸지만 그에게도 엄연히 체력이라는 것이 존재하는 법이다. 기진맥진해 쓰러지기 일보 직전, 그는 이번에는 아직 온전한 형태를 유지하고 있는 영지에 도착했다.

"이번에 칼리스 공작이 다스리는 영지가 폐허가 돼버렸다고 하더군."

"여기서 멀리 떨어지지 않은 마을에도 재앙이 닥쳤다는데? 재만 남기고 아예 흔적도 없이 사라졌대."

"목격자 말에 따르면 여러 곳을 삼킨 불길은 물을 아무리 퍼부어도 꺼지지 않았다는데, 그로 인해 이 사태가 인위적인 것이 아닐까 하는 억측도 나돌고 있다네."

"나도 그 얘기는 들었어. 왕실에서 고위마법사를 파견해도 불길은 사그

라들 기세를 보이지 않았다지."

이미 폐허가 되어버린 그 마을과는 전혀 다른 광경이 펼쳐졌다. 거리서 신나게 자신의 경험담을 풀어 놓는 모험가들. 술집에서 주정뱅이들이 왁자 지껄하게 객기를 부리는 모습. 삼삼오오 모여 자신의 무용담을 자랑하며 걸어 다니는 용병들. 고객을 부르기 위해 목청껏 호객하는 상점 주인들. 아직 이곳에서는 하늘에 떠 있는 먹구름과 어울리지 않은 화기애애한 분위기를 만끽할 수 있었다. 아니, 평소라면 이것이 정상이었을 테지만. 하지만 언제 사람들에게 '그'의 입김이 닿을지 모르는 일이기에 리베르는 이 분위기를 깨고 싶은 마음은 추호도 없지만 일단 사람들을 대피시키기로 했다. 그래서 이 곳의 영주와 대화하기 위해 코 끝을 간질이는 향기를 풍기는 음식점들을 애써 무시한 채, 영주의 저택으로 달려갔다. 만약 리베르가 엘프의 모습을 그대로 유지하고 있었다면 많은 사람들의 주목을 받아 여러 문제가 발생할 수 있지만 다행히 리베르는 사전에 인간의 모습으로 변신 했기에 아무 탈없이 영주의 저택에 도착했다.

"히야!"

역시 백작이란 지위에 걸맞게 저택은 리베르가 생각했던 것보다 으리으리했다. 하지만 리베르 역시 엘프의 사고방식을 가지고 있었기에 어째서 실속 없는, 크기만 거대한 집을 짓는지 내심 궁금해하며 저택으로 다가섰다.

"거기, 잠깐 멈춰."

경비병 2명이 리베르를 가로 막았다. 리베르는 무척 수척해져 있었고 꾀죄죄한 복장을 입고 있어서 외견만 보고 리베르의 신분을 예상한 경비병들의 태도는 처음부터 싸늘한 하대였다.

"영주님을 뵈러 왔습니다."

처음 보는 이에게는 예의를 지키는 수호자의 도리를 제대로 수행하는 리베르는 그들과 달리 부드럽게 존대를 사용했다.

"영주님께서는 지금 무척 바쁘시다. 너 같은 것을 만날 시간 따위는 없어."

몇 년 동안 경비병 직을 맡아와 여러 부류의 인간들을 경험한 그들은 리베르를 용건도 없이 찾아와서는 성가시게 구는 부류의 사람으로 단정지어 그를 빨리 쫓아내려 했다.

"네? 이건 이 영지의 존속과 연주민의 생사가 걸린 문제입니다."

"그딴 걸 내가 어떻게 알아? 아무튼 여기서 썩 물러가!"

'이러면 곤란한데……'

속으로 매우 당황하며 그는 다시 말을 걸었다.

"어떻게든……"

하지만 리베르는 말을 끝 맺지 못했다.

'쾅광!'

그 순간이었다. 리베르가 무엇인가 말하려는 찰나, 영지의 입구 쪽에서 굉음이 들려왔다.

"젠장! 벌써 올 줄이야! 아저씨들! 빨리 사람들을 대피시켜요! 실드!"

온 힘을 다해서라도 악기 위해 리베르는 영지 전체에 광범위 마법으로 보호막을 씌웠다. 때마침 자신의 방에서 굉음을 동반한 폭발을 목격한 영주도 저택에서 나오고 있었다.

"아니 이게 어떻게 된 일인가?!"

영주를 본 경비병들은 반색을 하며 그를 맞이했다. 그리고 리베르가 마법을 쓴 사실과 사람들을 대피시키라는 리베르의 말을 전달했다. 그러나 영주가 리베르를 바라보며 놀란 이유는 따로 있었다.

"엘, 엘프?"

광범위 마법을 펼친 채 최대한 마나를 비축해야 하기 때문에 모습을 바꾼 마법은 푼 지 오래였다. 고로 뾰쪽한 귀를 지닌 엘프의 특징을 적나라하게 보여주고 있었다.

일개 영지의 영주에겐 엘프를 보기란 하늘에 별따기였다. 더욱이 리베르만큼의 외모를 지닌 이는 흔치 않았기에 그의 자태는 영주를 매료시키기엔 충분했다.

"……전 엘프, 엘프의 차기 로드입니다. 이 상황을 틈타 저에게 무슨 짓을 했다가는 어떤 후환이 닥칠지 모르니 조심하십시오."

이 상황만큼은 리베르도 무척이나 신경이 날카로웠다. 영주는 탐욕에 젖은 표정을 싹 바꾸며 속내를 들킨 듯, 깜짝 놀라면서 얘기했다.

"그, 그럴 리가 있겠습니다. 감히 엘프 족의 귀족 분에게…… 그럼 저는 이만 사람들을 대피시키러 이동하겠습니다."

그렇게 말하며 영주는 꽁무니 빠질세라 그 자리에서 벗어났다.

'큭, 역시 '그'는 강하군. 하지만 아버지 때문에 큰 부상을 당했을 것이 틀림없어. 적어도 막을 수는 있다!'

리베르는 아버지 생각을 하니 갑자기 눈가에 눈물이 고였지만 애써 이르베스에 대한 생각을 지우고 마법에만 집중을 했다.

'쾅 콰광!'

여전히 실드 밖에서는 '그'의 공격이 이어졌다. 하지만 다행히도 그의 공격은 입구 주변에서만 이루어졌기 때문에 사람들이 뒤 쪽으로 대피하기에는 아무런 지장이 없었다.

사람 소리는 더 이상 안 들리고 오로지 엘프의 거친 호흡소리와 폭발음만이 진동할 즈음, 리베르는 더 이상 버티지 못하고 시전(始展)하고 있던 마법을 해제해 버렸다. 그와 동시에 엄청난 양의 운석이 하늘에서 떨어지더니 영지를 초토화 시켰다. 저런 괴물 같은 것을 막을 수 있었던 리베르가 오히려 이 상황에서는 더욱 신기해 보인다.

"휴, 한시름 놓았군."

리베르는 절체절명의 순간에 검을 뽑아 들어 공간을 찢었다. 그리고 그 사이로 숨어들어 가공할만한 파괴력을 지닌 운석을 가까스로 피할 수 있었다. '그'라면 그가 이공간에 숨어들었다는 것을 단번에 알 수 있겠지만 그 역시 부상당한 상황에 모든 곳에 신경 쓸 겨를은 없을 것이다. 그렇게 생각한 리베르는 밖이 잠잠해 질 때까지 그곳에서 푹 쉰 후 이공간에서 나왔다. 역시 바깥세상은 참혹함, 그 자체였다.

시도 때도 없이 날씨가 변했다. 어느 때는 하늘이 어두운데도 불구 하고 무더웠다가 또 어느 때는 먹구름 없이 폭우가 쏟아지기도 하였다. 그러나 오늘만은 최고의 날씨가 하루 종일 이어졌다. 우박을 동반한 눈보라. 전무후무한 엄청난 날씨.

밖에서 이런 날씨를 맛보며 설치는 것은 조금 무리가 있기에 날씨가 잠잠해 질 때까지만이라도 안전한 곳에서 대피할 것으로 리베르는 결정을 내렸다. 하지만 엎친 데 덮친 격으로 그는 사방이 탁 트인 곳 위에 서있었기 때문에 도저히 이 날씨로부터 벗어나고 싶어도 못 벗어나는 상황이었다.

"응?"

검은 눈이 내린다고 하면 그 누가 믿을 수 있을까. 어느 새부터인가 하늘에서는 더 이상 순백의 눈은 내리지 않았다. 대신 핏빛 눈만이 내리고 있을 뿐이었다.

"망할! 이게 도대체 뭐야!"

리베르는 가장 견고한 방어막을 머리위로 최대한 펼치며 달렸다. 하나하나가 범상치 않은 기운을 머금은 눈. 그것이 마법에 의한 것이라는 사실을 간파한 리베르는 속으로 '그'에게 온갖 저주란 저주는 다 퍼부었다. 한참이 지나도 눈 앞에 펼쳐지는 광경은 오로지 허허벌판이었다. 아무리 그라도 방어막을 펼친 채로 장시간 달리는 것에는 무리가 있었다.

그렇게 리베르는 달리면서 눈과 싸우다 저 멀리 숲이 눈에 들어왔다. 숲을 보며 한시름 놓았다고 생각한 그 순간 갑자기 눈보라의 기세가 강해지더니 한 치 앞도 보이지 않게 되었다.

'안 돼!'

리베르는 그 상황에서도 한 동안 버텼지만 방향감각을 잃은 채로는 더이상 전진할 수 없었다.

'털썩'

마지막 남은 기력까지 모두 소진해 버린 그는 결국 쓰러지고 말았다. 그리고 같이 떨어지는 화분, 그리고 세계수의 싹을 보며 그는 절망감에 휩싸였다. 쓰러져버린 그는 눈에 묻히며 정신을 잃었다.

"…… 헉!"

온기였다. 더 이상 추위는 느껴지지 않았고 온기만이 그를 감싸고 있었다. 여기는 어딜까. 이곳이 더 이상 밖이 아니라는 것만은 분명했다.

"깨어났군."

소리가 들린 쪽에는 인간 한 명이 서 있었다. 건장한 젊은 남자. 하지만 리베르는 그를 보자마자 그가 인간이 아니라는 것을 단번에 알아챘다.

"……당신이 저를 구해주신 건가요?"

"지나가던 길에 주운 것뿐이다."

한 순간, 정적이 흘렀다. 그러다 리베르가 먼저 입가에 멋쩍은 웃음을 띠우더니 말했다.

"당신에 도움에 감사 드립니다. 드래곤이여."

"딱딱하게 그런 격식은 차리지 않아도 좋네."

드래곤과 엘프는 마주보며 가볍게 웃었다. '드래곤', 하늘의 수호자, 실질적으로 이 세계의 수호자인 그들은 가공할만한 힘을 지니고 있었다. 그러니 더더욱 긴급한 상황이 아니면 세계에 직접 관여하는 일은 드물었다.

드래곤은 한동안 침묵한 상태를 지키더니 돌연 심각한 표정을 지어보았다.

"……이르베스, 그 분은 어떻게 되었나?"

"……."

세계의 수호신격인 그였으니, 드래곤으로서는 익숙하였던 기운이 사라져서 의아함을 느꼈을 것이다.

"역시, 역시 그분은 이미……."

"아닙니다. 아버지는 반드시 돌아오실 겁니다."

"……그래."

그는 한숨을 내쉬며 하늘을 바라보았다. 아주 짧은 순간 이지만 리베르는 그의 눈에서 무엇인가 빛나는 것을 보았다. 그는 다시 얼굴을 가다듬으며 말했다.

"리베르, 그거 혹시 아는가? 나, 엘피어스가 이 세계의 마지막 드래곤이라네."

"……네?!"

리베르는 언제나 신뢰했던 자신의 귀가 이번만큼은 고장 난 것이 아닐까 의심이 갔다.

"'그', 그 영악한 녀석은 드래곤이라는 종족이 후에 자신에게 해를 입힐 것이 겁나 우리를 먼저 처리한 것이지. 방심하지만 않았다면 간단히 당하지는 않았을 텐데."

"망할!"

수호신인 이르베스와 같이 생활한 리베르는 지금껏 많은 드래곤을 만나왔다. 그들과는 따뜻한 추억만이 머릿속에 자리하고 있는데, 거의 멸종이라는 암담한 소리를 들은 그의 마음속에는 '그'에 대한, 예전보다 더욱 깊고 강한 분노가 자리하게 되었다.

리베르는 격분하며 한 동안 침대 위에 앉아 있었다. 그 모습을 엘피어스는 이해하겠다는 듯 그냥 바라만 보고 있었다. 리베르는 힘겹게 분노를 가라앉힌 후 말을 이었다.

"그, 그러고 보니 제가 가지고 있던 화분은 어디로, 어떻게 되었나요?"

가장 중요한 목적을 여태껏 잊고 있었으니 허둥대는 것도 당연하다.

"세계수 말인가?"

"알고 계셨군요."

"당연하지. 세계수라면 저기에 고이 모셔두었네."

리베르는 엘피어스의 긍정적인 대답을 듣곤 안도의 한숨을 쉬었다. 세계수는 이 차원의 기둥이라 할 수 있다. 세계를 혼란을 방지하고 균형을 유지하는 세계의 중심. -물론, 세계수의 존재는 오로지 극소수만이 아는 것이지만- 그러니 이 세계의 파멸을 부를 수 있는 가장 손쉬운 방법은 세계수를 파괴하는 것이다. 그래서 '그'가 세계수를 노리는 것이지만.

"저기…… 궁금한 게 있어요. 도대체, '그'의 목적은 정확히 뭐죠?"

엘피어스는 리베르의 질문을 듣고 잠깐 고민하다 대답했다.

"그건 아무도 몰라. 단지 그가 사라져도 끊임 없이 재생했고 그럴 때마다 이 세계의 파멸을 원한다는 거지. 그에 대한 이유도, 정확한 목적도 몰라."

리베르는 잠시 생각에 빠졌다. 이르베스의 말에 따르면 그는 순수한 어둠이다. 어둠은 빛이 존재하면 언제나 뒤따르는 것. '그'는 태초부터 존재하였고 모든 차원이 소멸할 때까지 존재할 것이다. 그렇다면 그는 영원하다는 것인데 차원을 파괴함으로써 그가 얻는 이득은 도대체 무엇일까.

"도무지 모르겠군, 그나저나 어서 출발해야 할 것 같은데…… 아저씨가

도와주실 수는 없나요?"

"난 유일한 드래곤의 전승자로서 이곳에 남아야 해. 대신 성지까지 텔레포트로 이동시켜주마."

만약 인간이 들었다면 까무러칠 이야기였을 테지만 드래곤이니 타인을 텔레포트 시켜주겠다는 말이 쉽게 나오는 것이다.

"하지만 성지는 마법에 의해 보호되어 있을 텐데……."

리베르도 텔레포트쯤이야 간단히 해낼 수 있지만 성지가 보호막으로 둘러 쌓여 있기 때문에 텔레포트는 무리한 시도이다. 자칫하면 영원히 이공간에 갇혀 빠져 나오지 못할 수도 있기 때문이다.

"그건 나도 알아. 내 말은 성지 바로 앞까지 이동시켜 주겠다는 거지."

"아, 그렇군요."

텔레포트는 머릿속에 이동할 곳의 정확한 이미지를 그려야 한다. 하지만 리베르 같은 경우에는 성지에 가본 적이 없기 때문에 성지까지 제 발로 걸었던 것이다.

"그렇게 해주신다면 정말 감사합니다."

"나의 생사도 걸린 문젠데 말이야, 하하."

처음과는 달리 어느 새인가 엘피어스의 분위기는 매우 부드럽게 변해 있었다. 그가 주문을 외웠다. 그리고 그 순간 리베르의 몸은 빛을 발하기 시작했다.

"무운을 비네."

엘피어스는 사라져가는 리베르를 행해 말했다.

그가 엘피어스의 처소에서 일어났을 때엔, 이미 주위는 어둑어둑해져 있었다. 지금은 아침 일찍 일을 나가는 사람들이 여명을 기다리는 시간, 닭이 울음소리를 위해 목을 가다듬는 시간. 약간의 붉은 빛을 띄는 모색만이 그를 감싸고 있었다. 하지만 밤하늘은 연기에 뒤덮여 새어 나오는 별빛 하나 없이 어둠만이 존재했다.

"으스스하군. 별이 보이지가 않다니."

분명 구름 하나 없던 화창한 하늘을 기억하며 맞게 중얼거렸다.

성지는 끝이 구름에 가려진 거대한 고목 위에 위치했다. 리베르는 텔레포트로 성지 주변에 도착한 후부터는 아무 탈 없이 고목 앞에 도착할 수 있었다. 고목이 우뚝 서있는 이 곳은 마법에 의해 가려져 있었지만 수호신인 이르베스와 함께 지낸 그의 마법은 절정에 달해 있었다.

'탓'

리베르는 손을 고목에 사뿐히 갖다 대었다. 손을 중심으로 나무는 리베르의 체구에 맞는 문을 만들어 주었다. 고목 속은 텅 비어 있었는데 보기보다 훨씬 넓은 공간이 존재했다. 그리고 그 중심에는 밝게 빛나는 마법진이 그려져 있었다.

'뚜벅, 뚜벅'

리베르는 한 걸음 한 걸음 발을 옮겨 마법진 위에 섰다. 마법진에서 뿜어진 빛은 그를 감싸 안았고 그의 몸이 허공에 부유하더니 정상을 향해 비상했다. 간간히 나무 틈새 사이로 보이는 밖의 광경은 참혹했다. 휘날리는 잿더미와 퍼져나가는 검은색 불길, 그리고 허공을 꽉 채우고 있는 연기. 리베르는 분노에 사무쳐 이를 부득부득 갈며 정상에 도착하기만을 기다렸다.

'휘이잉'

고목의 정상은 황량하기 그지 없었다. 땅에는 자그만 생명조차도 없었고 아마 세계수라 예상되는 거대한 나무는 이미 가지를 모두 잃은 채, 불에 탄 참혹한 형태만을 남기고 있었다.

"기다리고 있었다."

리베르는 소리가 난 쪽을 돌아보았다. 그곳에는 차려 입은 부드러운 인상의 한 남자가 서 있었다.

"⋯⋯어떻게 이렇게 빨리 올 수 있었던 것이지?"

"물론 날아서."

"난 지금 장난하고 싶은 마음은 추호도 없어! 아버지의 공격을 분명히 받았을 텐데?"

그렇다. '그'는 그의 아버지, 이르베스의 혼신의 일격을 받은 것이다. 그런데 아무 상처 하나 없이 리베르의 눈 앞에 떳떳이 나타날 수 있다는 건 이상하지 않은가?

"네가 눈보라에 묻혀 쓰러지고 나서부터 어느 정도가 지났다고 생각하는 거냐? 내가 힘을 회복하기엔 충분한 시간이었지."

"어떻게 그것이 가능한 거지? 난 분명히 엘피어스의 도움을 받고 깨어났어."

"훗, 위대한 종족이라 불리는 드래곤도 한낱 생물에 불과하더군. 명색이 드래곤일 뿐이지 속은 간악한 인간과 별 차이가 없어."

리베르는 선뜻 그의 말이 이해가 가지 않았다.

"뭐?"

"단순해. 넌 속은 거야."

한 순간 정적이 흘렀다. 그렇다면, 그의 말이 사실이라면, 그 부드러운 웃음도, 이르베스를 향한 애도도, 무운을 빈다는 격려마저도 모든 것이 거짓이었단 말인가.

"아니야, 절대 그럴 리가 없어!"

"하지만 이건 부정할 수 없는 사실이야."

혼란스럽다. 무엇이 진실인지, 거짓인지 구분이 가지 않는 혼란만이 머리를 맴돈다.

"맘대로 지껄이지마!"

리베르는 그렇게 소리치며 앞으로 뛰쳐나갔다. 그리고 어느새 쥐고 있던 검을 휘둘렀다. 하지만 베이는 느낌은 손으로 전해지지 않았다.

"난 어둠이야. 실체 따윈 없지."

결국 리베르의 검은 허공을 갈랐다. '그'는 검이 가르고 지나간 곳에서 연기가 스멀스멀 피어 오르는 것을 바라보더니 음산한 미소를 지었다. 그러더니 아무 소리 없이 한 순간에 그는 허공으로 녹아 들었다.

'기회인가?'

그의 궁극적인 목적은 세계수를 심는 것이다. 언뜻 들은 적이 있다. 세계수가 가장 큰 힘은 발휘하는 순간은 성지에 싹이 옮겨지는 그 짧은 순간이라고. 결국 그를 쓰러뜨리지는 못할 테니 그가 사라진 틈을 이용하여 싹을 심는 것이 좋지 않을까.

"헛."

타버린 세계수가 있는 곳으로 도약하는 순간이었다. 리베르의 배 부근에서 검은 구체가 생겨나기 시작했다. 그리고 요란한 소리를 내며 터져나갔다.

"크헉!"

멀리 날라간 리베르는 아까의 폭파로 인한 내상이 깊었는지 꽤나 많은 피를 토해냈다.

"내가 그리 호락호락할 것 같나?"

"……제길, 큭!"

'그'가 사라지고 리베르가 세계수를 심을 수 있다면, '그'에게 도움이 되는 것은 뭣 하나 없다.

"간다"

가까스로 버티며 일어선 리베르가 나직이 말했다. 검이 안 통한다면 마법으로 승부를 걸 수밖에. 그는 아무리 자잘한 마법으로 공격을 감행해도 전혀 타격을 주지 못한다는 것을 알기 때문에 일격에 모든 것을 걸기로 했다. 그가 사용할 수 있는 마법 중 가장 강력한 마법. 공간에 균열을 일으키는 마법이었다.

"받아라아아앗!"

그는 그 일격에 모든 희망, 염원, 모든 것을 담아 크게 외치며 마법을 시전했다. 점차 '그' 주변의 공간이 일그러졌다. '그'의 얼굴에는 감탄의 빛이 어려 있었고 생겨난 차원의 균열은 엄청난 흡입력으로 주변 모든 것을 빨아 들였다. 언뜻 보기에는 '그'도 연기로 화해 차원의 균열 속에 빨려 들어가는 것처럼 보였다.

'콰과광!'

이 마법의 화려한 마지막을 장식하는 폭발은 가공할만한 폭파음과 열기를 뿜어내며 터져나갔다.

'휘잉'

바람이 불었다. 폭발로 인한 연기를 바람이 휩쓸고 갔다. 연기가 있던 자리에는 아무것도 존재하지 않고 있었다.

"이, 이긴 건가?"

'그'은 사라졌다. 온데 간데 없이 사라져 버린 것이다. 리베르는 그의 승리를 확신하며 환함의 함성을 지르려는 순간이었다.

"착각은 곤란해."

리베르의 등 뒤에서 음산한 목소리가 들려왔다. 모든 사물이 정지했다. 리베르도 입가에 희미한 웃음을 띄운 채로 멈추었다.

"장난은 여기까지. 이제는 헤어져야겠군."

'그'는 엄청난 기운을 구 형태로 압축시켰다. 분명 저것은 위험하다. 그렇게 리베르는 느끼고 있음에도 불구하고 제 발은 겁에 질려 도무지 말을 듣지 않았다.

그 순간이었다.

"속박."

허공에서 목소리가 들려왔다. 드래곤의 마법. 아무리 '그'라도 조금은 시간을 벌 수 있겠지.

"제길, 하찮은 도마뱀이!"

"리베르 지금이 기회다! 어서 세계수를 심어!"

엘피어스는 힘겹게 외쳤다. 리베르는 엘피어스에게 물어볼 것이 수두룩하게 쌓여 있었지만 그럴 겨를도 없이 리베르는 옛 세계수의 잔해가 남아 있는 곳으로 달렸다.

"안돼, 이럴 순 없어!"

'그'은 발악에 가깝게 절규했다.

'푸석'

리베르는 세계수의 싹을 들어 올렸다. 그리고 성지에 내려놓았다.

'좌아악'

이미 고목(枯木)이 되어버린 옛 세계수에서 환한 빛이 뿜어져 나왔다. 세계수의 싹은 엄청난 속도로 자라 마치 넝쿨처럼 옛 세계수의 기둥에 감겨 오르기 시작했다. 휘황찬란한 빛이, 형형색색의 빛이 먹구름을 몰아내고 하늘을 물들였다. 세상이 빛에 감싸였고, 이 순간만큼은 모든 것이 초록색으로, 마치 자연 그 상태로 돌아가듯, 초록색으로 물들었다. 그리고 세계수는 마지막으로 모든 빛을 발해 세상을 하얀 빛으로, 아예 아무것도 안보일 정도의 빛을 내뿜었다. 어둠만이 존재하던 밤하늘에, 그 형언할 수 없이 밝은 빛은 빼곡히, 헤아릴 수 없을 정도의 별을 수놓았다. 그 빛은 하늘에 박힌 별들로부터 내뿜어져 나오는 별빛이 되어 떨어졌다. 별빛은 리베르를 비추었다. 리베르의 눈엔, 별들이 빛나는 밤하늘이, 별들의 향연이 담겨 있었다. 그리고 이르베스가 담겨있었다. 그것은 빛나는 투명한 액체로 화해

주르륵 뺨을 타고 흘러내렸다.

'사아악'

주변이 어느 정도 보이기 시작할 때, 세계수의 싹을 심은 곳에서 완전한 세계수, 은은한   빛을 발하는 거대한 나무가 그곳에는 우뚝 서있었다. 마치 온화한 미소를 짓고 있는 듯 모두를 품에 담는 이 나무는 신비롭고 몽환적인 분위기를 자아냈다. 뿌리는 깊게, 탑의 하층까지 깊숙이 박혀 있으나 반쯤 드러나 있었고, 탐스럽게 생긴 신비로운 열매가 주렁주렁 열려 있었으며 나뭇가지는 바람에 몸을 맡겨 자유롭게 흔들리고 있었다.

'그'의 어둠으로 이루어진 그의 몸은 서서히 희미해져 가고 있었다.

"크윽……, 크크큭, 난 어둠이다. 빛이 있는 곳에, 언, 언제나 나는 존재하리니 나는 불사의, 불멸의 존재다. 그래, 그때까지, 내가 돌아올 때까지…… 크크……."

'그'는 그 말을 끝으로 사라져갔다. 아니, 세계수의 빛과 밤하늘의 별빛에 녹아 들어 갔다.

"엘피어스!"

리베르는 드래곤을 형상을 한 존재에게 달려갔다. 그는 얼굴에는 온화한 미소를 띄우고 있었지만 이미 몸체는 싸늘하게 굳어 있었다.

"……."

리베르는 한 동안 말을 하지 않고 그 자리에 서 있었다.

'털썩'

다리에 힘이 풀린 듯 그는 그대로 주저 앉았다. 그리고 그는 대(大)자로 누워 먹구름 따위는 멀리 이미 존재하지 않고, 저 멀리 산 너머 서서히 떠오르는 해가 비치는 하늘을 바라보았다. 그리곤 펼쳐지는 그 아름다운 세계. 곳곳에 연기가 피어 오르고, 드넓은 숲 가운데 간간이 건물들이 즐비해 보기 흉했지만 그래도 아직 아름다웠다.

스르륵. 눈이 감겼다. 그의 눈가에서는 눈물이 흐르고 있었지만 입가에는 함박웃음이 걸려 있었다.

그리고는 잠에 들었다– 모든 것을 잊고서.

드래곤의 죽음도, 수호신의 죽음도, 세상을 구한 엘프 한 명이 고이 누워있다는 것은 아는 이는 아무도 없다. 진실은 베일에 가려지고 파멸로부터 구해진 그들의 감사는 오로지 신을 향한 것뿐. 아무도 알아주는 이 없어도 그래도, 그래도 그는 미소 지었다.

반짝이는
저 오래된 전구처럼

윤 지 민

불명

그때 내가 받은 그 편지에
이름이 없어서
나는 그 편지를 돌려줘야 하는 줄도
모르고 있어요

수취인도 발송인도
불명(不名)이었던

편지지 하나만
지독히도 아름답던

그 길고도 짧았던 글귀는
이제 내 손아귀에서 찾을 수 없답니다

그 행적을 내게서 알려 하지 말아요
아무것도 가르쳐 줄 수 없다는 것만큼
쓴 일도 없으니까

애

꼬마라는 말이
듣고 싶을 날이
이렇게 빨리 올 줄 몰랐어요.

어른이 되겠다는 말이
꿈을 잃고 싶다는 말로 들려
가슴이 아플 날이
벌써 내게 올 줄은 몰랐어요.

난 아직도 어린데
더 어려지고 싶어 발버둥치는 모습이
더 자란 아이한테는 한심해 보일 수 있겠지만

난 참회하고 있답니다
자란 것을

실현될 수 없는 허상에 불과하지만
영원히 아이로 남지 못한 것을.

어정쩡

어정쩡하다고 생각했지
돌아가기에는 시간이 길어져 버렸고
계속 가기에는 너무 진부하다고

아직도 왼발을 어정쩡하게 들고 있어
앞으로 디뎌야 할 지
뒤로 몸을 틀어야 할 지 몰라서

영원히 들고 있었으면 하는데
그러기에는 다리가 너무 아플 것 같아

계속 이렇게 있으면 주저앉아 버리겠지
마른 먼지를 일으키며
그리고는 내가 낸 먼지에
괴롭다는 듯이 기침하겠지

아

잠시만 이렇게 있을게
발은 내려놓을 테지만
그냥 제 자리에 가만히 서서
털끝만치도 움직이지 않고 있을게

금방 다시 움직일 테니까
너무 걱정하지 마

나무 다리

눈이 시릴 정도로
어두운 밤길에서
바람에 흩날리던
나무 다리 줄 다리

무릎까지 튕기는
화려한 물보라에
흐르는 빗줄기에
젖어버린 옷가지

그제야 느꼈다
물비린내 나는 강물을
함빡 뒤집어쓴 뒤에야
더 이상 젖는 걸
두려워하지 않고

다리를 건널 수 있게 되었다

흔들리는 걸
내버려 둘 수 있게 되었다.

반딧불이

처량한 울음을 토해내는
문손잡이를 뒤로 한 채

가느다란 빛 한 줄기 없는
어둠 속을 유유히 헤엄치는
먼지투성이의
텅 빈 공중을 건너

희뿌연 안개가
온 세상을 뒤덮고 있던
그 곳에서

정신없이 떠 있는 별을
당신 앞에 서 있는 나를

그 별과, 나와, 당신 사이를
은하수 한 바가지로 메우고 있는
반딧불이를 보았다

그 소리를

날 둘러싼 공기와
그댈 둘러싼 공기가
조용히 그 곁을 스칠 때

난 허락 받지 않았기에
해서는 안 되는 행동이었기에
내 손을 부여잡았어야만 했지

그대가 모르는 말로 떠들고 싶진 않아
이 추억은 날 위한 것이 아니라
떠나기 전 그대에게 마지막으로 남기는
눈동자를 붉히는 눈물 두 방울

모퉁이를 돌아 차가운 벽에 기대
그대에게 미처 다 주지 못한 나머지 물방울을
한없이 내 손바닥에 흠뻑 쏟아놓은 뒤에도
희미한 기다림의 구슬은 눈꼬리에
떨어질 줄도 모르고 매달려 있어

들려줄 수 있을까
언젠간 이 구슬이 바닥에 떨어질 때
하얀 대리석과 부딪히며 내는
그 소리를

고삐

달그락 달그락
소리를 내며
양철 수레 안에 들어있던
고물들의 요동치는 울음

서두르며 내딛는
말발굽 네 개가
진흙탕에 발자국을 남기자
그곳에 고여 오는 물

한 손에는 채찍을 들고
다른 한 손에는 고삐를 잡은
밀짚모자 허수아비가

멈춰있던 바람을 가르고
내려치는 손놀림에
침과 피가 한데 뒤엉켜
이빨 사이로 흘러내립니다

매끄러웠던 가죽
어느새 누더기 헝겊이 되고
힘차게 휘두르던 꼬리가
파리 한 마리 쫓지 못하게 될 때

꼿꼿한 무릎이
힘을 잃어 꺾이고
하늘 높이 치켜들던 머리가
땅에 박혀 일어날 줄을 모를 때

허수아비여
그대는 후회하게 될 것입니다

조금 더 사랑해주지 못한 것에 대해
분명히 후회하게 될 것입니다

너보다 조금 더 높은 곳에 내가 있을 뿐

바다네. 나도 모르게 입가에 미소가 머금어진다. 두터운 담요에 싸여 있는 나를 내려놓는 그의 손길이 조심스럽다. 바람에 날리는 그의 가느다란 머리가 얼굴을 간질이는 느낌 사이로 살랑살랑 불어오는 바다냄새가 요동치던 심장을 다독여준다. 가만히 그의 머리카락 안에 손을 넣어 한 번 훑어본다. 물을 잡은 마냥 흘러내리는 게 신기하다. 차마 손에 넣을 수 없는 바다의 파도소리처럼 넌 아름다운 사람.

조용히 나긋나긋한 목소리로 내가 말을 꺼낸다. 세상을 살아가는 게 꼭 즐거운 일만은 아니라는 것을 알게 된 후로 종종 바다에 찾아오곤 했어. 정말 지치고 힘들어서 쓰러질 것만 같을 때 보는 바다는 나를 한없이 작아지게 만들어서, 그래서 너무 좋았어. 내가 얼마나 나약한 존재인지 깨닫고 난 후에는 무어라도 다시 시작할 수만 있을 것만 같았거든. 특히 겨울바다에 오는 걸 좋아했어. 여름의 바다는 너무 행복해 보여서 감히 내가 다가가서 위로 받을 수 없는 존재 같은데, 겨울바다는 그렇지 않아서 말이야. 여름바다가 내가 울고 있을 때 울지 말라면서 옆에서 웃어주는 사람이라면 겨울바다는 같이 울어주는 사람이랄까.

손으로 옆을 더듬다가 작은 나무막대기를 하나 집어 올린다. 바닷가에 있는 막대기는 참 느낌이 독특해. 그 느낌 알지. 겉은 되게 말랑말랑하고 흐물흐물한데 신기하게도 결국 안으로 들어가다 보면 딱딱한 뭔가가 만져지는 느낌 있잖아. 그게 꼭 너 같아서 가끔은 기분이 묘할 때도 있어. 원래 강해 보이는 사람일수록 쉽게 무너지는 반면에 겉으로 보기에 약해 보이는 사람은 비틀거릴 때는 많아도 절대 무너지지 않아. 내가 강한 사람 할 테니까, 넌 이 막대기를 닮아서 지금처럼만 약하게 살아. 아주 약하게. 그래서 절대 쓰러지지 않게.

내가 중얼거리는 말이 내 귀에 잘 들리지 않는다. 무슨 말을 하는지도 잘 모르겠다. 그래도 넌 다 알아들을 수 있을 거야.

그에게 부탁한다. 이걸로 글씨 써줘. 우리가 처음 바다에 놀러 왔을 때처럼, 6년 동안 멀어져 있었다가 기적적으로 다시 만난 그때처럼.

그가 웃는다. 오늘은 되게 괜찮아 보이네. 그가 손을 내민다. 막대기를 쥐어준다. 나도 따라 웃는다. 그가 막대기를 받아 들면서 나지막이 말한다. 이런 모습 보니까 되게 기분 좋아. 안 아파 보여서. 계속 이랬으면 좋겠다.

아프지 않았던 때가 가물가물하다. 그래도 신이 곧 나를 영원히 제 품 안에 둘 테니까 나를 위해 하루 정도는 양보해주나 보다. 고마워요. 진심으로 감사드린다. 아프고 나서 새삼 깨달은 건, 인간은 자기에게 주어진 것을 누군가가 앗아갔을 때야 그 중요함을 안다는 것이다. 난 지금 내게 주어진 이 하루로도 너무나 감사해.

다시 그때로 돌아간다면 모든 걸 바꿀 수 있었을까. 아냐. 그래도 모든 건 똑같았을 거야. 이미 선택한 것에 후회 따원 없다. 그래도 도망쳤을 테고, 그래도 상처 입혔을 테고, 그래도 모든 걸 숨겼을 거야. 그렇지만 지금 여기서 그걸 생각하진 말자. 지나간 일은 지나간 일. 지금 중요한 건 난 살아 있고, 넌 내 옆에서 웃고 있다는 것. 그게 다야. 과거에 얼키설키 꼬여 있었던 매듭을 풀려고 애쓰지 말고, 그 옛날 알렉산더 대왕이 그랬던 것처럼 싹둑 잘라버리면 되잖아.

그가 내 머리를 한 번 쓰다듬어주고는 뒷모습을 보이며 멀어져 간다. 병이 생기고 난 뒤로 혼자 있는 게 너무 무서워졌었다. 밤중에 고통을 이기지 못해 비명을 지르며 일어났을 때 곁에 아무도 없다는 건, 정말 지옥 같은 일이었는데. 그런데 지금은 나도 신기할 만큼 아무렇지 않다. 세상 사람들의 뒷모습이 아름다운 이유는, 그 모습을 보면서 그 사람의 앞모습을 상상할 수 있기 때문이 아닐까. 그 실낱같은 기대와 희망이 있기에, 사람의 등을 바라볼 수 있는 게 아닐까. 그가 다시 돌아봐 줄 것을 너무도 잘 알기에, 난 지금 외롭지 않아.

엉덩이가 닿지 않게 모래 바닥에 쭈그려 앉은 그가 글씨를 쓴다. 뭐라고 쓰는지 보이지는 않지만 알 수 있어. 한 글자 한 글자 정성스럽게 써 내려가는 그의 뒷모습을 보며 웃는다. 세상에서 제일 아름다운 사람을 나 혼자만 볼 수 있어서, 그게 너무 벅차서.

겨울바다지만 신기하게도 모래사장은 언제나 부드럽다. 차가운 모래를 손바닥 한 가득 쥐어 다시 떨어트려본다. 하나씩 하나씩 마음을 비워야지. 수많은 사람들이 밟고 지나간다 해도 제 자리를 지키고 있는 모래 알갱이처럼, 아무도 훔쳐갈 수 없는 마음을 깊숙이 묻는다. 하늘에 날리는 듯하다다시 사르륵 떨어지는 하얀 모래가 예쁘다. 아주.

글씨를 다 쓰고 일어서서 손을 탁탁 터는 그의 모습이 보인다. 그가 웃으며 손을 흔들자 나도 그를 똑같이 따라한다. 모래가 묻어있는 손을 그냥 흔드는 바람에 모래 몇 알이 입 속으로 들어간다. 바스락거리면서 씹히는 느낌이 싫지 않다. 짠 맛과 함께, 달콤한 맛이 입 안 가득 퍼진다. 내가 추억을 묻어둔 모래는, 참 달다.

그가 나한테로 걸어오려고 일어서는 순간 조금 큰 파도가 밀려오더니 그가 쓴 글씨를 통째로 지워 버린다. 다행이네. 사실 네가 너무 멀리 글씨를 써서 파도가 닿지 않을까 걱정했는데, 바다가 내 소원을 들어주려는 것 같아. 이젠 이 넓은 바다가 기억할 수 있을 거야. 내가 죽고, 네가 날 잊어버리게 되는 그때에도, 바다는 결코 잊지 않고 있을 테니까.

그가 내 이름을 부르며 달려오는 모습이 조금씩 하얘진다. 바다에, 하늘에, 너한테 말간 하얀색 물을 풀어놓은 것만 같아. 안 그래도 새하얀 너의 모습이 더욱 하얘 보여서 기분이 좋다. 넌 그렇게 살아. 먼지 쌓이지 않게, 티 묻지 않게 살아가.

나오지 않는 목소리로 그를 부른다. 얼굴이 보이지 않아도 그가 어떤 모습인지 너무도 잘 알 수 있어. 그래서 또 한 번 웃는다. 그의 모습을 너무도 잘 기억하고 있는 내가 자랑스러워서. 이제는 바다와 하늘에 겹쳐 보이는 그 아름다운 사람을 보며 소리 내 웃는다.

그거 아니, 세상은 꼭 눈을 통해서가 아니라도 볼 수 있어. 들어 보고, 만져 보고, 생각해 보고, 기억해 보고…. 지금 여기서 내가 날아가 버리면 넌 눈으로는 다시는 날 볼 수 없겠지. 그렇지만 가끔은, 참 가끔은, 기억해 달라고 부탁할게.

한국어를 배우는 외국인들은 안녕이라는 말을 듣고 참 신기해한다고 하더라. 만났을 때도, 헤어질 때도 똑같은 말을 하잖아. 그래서 난 그 말이 너무 좋아. 떠나가는 사람에게 안녕이라고 말을 하면, 꼭 언젠간 다시 만날 수 있을 것만 같은 기분이 들거든. 그러니까 우리 지금은 웃으면서 멀어지자. 난 너한테서 그렇게 멀리 있지 않으니까 울지 말고, 슬퍼하지도 마. 너보다 조금 높은 곳에 내가 있을 뿐, 우리는 꼭 다시 만날 테니까.

나보다 조금 더 높은 곳에 네가 있을 뿐

아이가 많이 가벼워졌다. 가뜩이나 말라서 항상 걱정했었는데, 이제는 정말 어린 아이를 안은 것 마냥 몸무게를 많이 잃었다.

등 뒤를 받힌 손에서 딱딱한 날개 뼈가 느껴진다. 둥지에서 떨어진 아기 새를 다시 올려놓는 것처럼 아이를 부드러운 모래 위에 내려놓는다. 아이가 떨어지기 싫은지 그 가느다란 손가락으로 내 머리카락을 살며시 잡는다. 유난히 숱이 없는 내 머리카락이 아이의 손가락에 편안히 몸을 내맡긴다.

가만히 날 끌어당기는 손길을 따라 살며시 앉는다. 아이가 그 반짝거리는 목소리로 내게 속삭인다. 무슨 말을 하는지 잘 들리지 않는다. 아이의 그 향에 취해 나도 모르게 내 눈도 아이의 목소리처럼 조금 반짝인다. 아이가 내 얼굴을 보지 못하게 고개를 아이의 어깨에 묻고 그 작은 몸을 팔로 감아 세게 끌어안는다. 조금 놀란 듯 살짝 몸을 떤 아이가 이내 힘없이 오른손을 들어 다시 내 머리를 쓰다듬어준다. 약하게 살아, 아주 약하게. 절대 쓰러지지 않게. 나지막한 아이의 목소리가 손을 타고 가슴에 스며든다.

아이에게 모래가 묻지 않게 조심하며 자리에서 일어난다. 내 앞에 앉아 있는 아이의 말간 눈을 들여다보며 마지막이 될 부탁을 듣는다. 말캉말캉한 막대기를 받아 들고 아이에게 말을 건넨다. 아이도 나도 다 알고 있을 거짓말 아닌 거짓말을 한다. 이런 모습 보니까 되게 기분 좋아. 하얀 거짓말은 신께서 용서해주셨으면 한다. 아이를 닮아 눈처럼 새하얀, 손때가 묻을 것 같아서 차마 만져보기 두려울 정도의 순결한 백색. 새하얀 거짓말.

아이가 아까 내게 그랬던 것처럼 아이의 머리를 가볍게 만져준다. 차마 손을 뗄 수가 없어 잠시 아이의 머리 위에 손을 가만히 얹어둔다. 다시는 살아있는 아이를 만질 수 없다는 생각에 가슴 저 밑바닥에서부터 무언가 간지럽게 요동친다. 내 아름다운 아이야. 금방 다시 돌아올게.

맨발에 밟히는 모래가 바스러지는 게 느껴진다. 차가운 모래가 발밑에서 부드럽게 유영한다. 뒤돌아 다시 걸어가고 싶은 마음을, 아름다웠던 시간들을 모래에 묻는다. 아이가 참 좋아하는 겨울바다의 모래 속에, 다시는 꺼내볼 수 없는 깊은 곳에 추억을 묻는다. 아이가 바람이 되어 다시 이곳에 찾아올 때, 그때의 아이 말고는 그 누구도 찾을 수 없었으면 좋겠다. 언제까지라도 끝나지 않는 아이와 나만의 과거니까.

모랫바닥에 앉아 아이가 건네 준 막대기로 천천히 아름다운 노래를 새긴다. 막대기가 움직일 때마다 깊게 패는 모래처럼, 내 심장에도 이 순간을 영원히 아로새긴다. 신파극의 한 장면처럼 어울리지 않는 따뜻한 햇살이 비친다. 파도에서 불어오는 찬바람에 따스한 공기가 함께 섞여 내게 다가온다.

이미 멀리 떨어져 있어서 아이는 내 목소리를 들을 수 없다는 것을 알고 있지만, 절대 들리지 않을 작은 소리로 인사를 한다. 원하는 대로만은 살아갈 수 없는 삶인 걸 알았기에, 네가 날아가는 그 길까지 막아서며 잡으려 하지는 않을 거야. 빛바랜 사진처럼이나 희미하게 남아버린 기억을 울며불며 붙잡지도 않을게. 그저 찰나라도 네 영혼이 내 곁에 있었다는 사실에 감사하며, 네가 원했던 대로 강하게 살아갈 생각이야. 무어라고 더 말해주고 싶은데 입이 차마 떨어지지 않는다. 정말 보내버리는 것 같아 더 이상 아무 말도 할 수가 없어.

막대기가 내 손에서 떨어져 바다 속으로 굴러간다. 이내 푸른 물결에 몸을 실은 막대기가 천천히 뭍에서부터 멀어져 간다. 잘 가. 막대기가 너무 편안해 보여서 기분이 아릿하다. 그래, 네 집은 내 손이 아니라 저 까마득

한 바다.

　손에 묻은 모래를 가볍게 털고 일어서서 몸을 돌려 아이를 바라본다. 저 멀리 모래 위에 앉아있는 아이가 눈에 선명히 들어온다. 가늘게 떨리는 팔을 들어 올려 아이에게 두어 번 손을 흔들어준다. 하얀 햇볕이 아이를 내리쬐어서 그런지 아이가 더욱 눈부시게 빛난다. 사랑하지 않을 수 없는 아이다. 날 향해 손을 흔들고 있는 작은 천사는.

　따뜻한 겨울바람이 아이와 나를 감싼다. 아이가 한겨울에 불어오는 봄바람을 타고 조금 먼 곳으로 여정을 떠난다. 아이야, 조심해서 가. 혹시 추우면 잠깐 쉬어서 햇살을 쐬고, 바람이 너무 세게 불면 벚꽃 흩날리는 봄의 아침을 생각해. 어디에서 어떻게 살던 아프지 말고, 꼭 누구한테나 사랑 받으면서 살아.

　얼마나 길지도 모르는 길을 혼자 보내는 게 가슴 아프기는 하지만, 넌 나보다 훨씬 더 강한 사람인걸 아니까, 따라가지 않을게. 그러니까 너도 꿋꿋하게 살아야 해. 힘든 일 있어도 웬만하면 울지 말고, 항상 그래왔던 것처럼 맑게 웃어. 날 세상에서 가장 행복한 사람으로 만들어주었던 그 웃음소리를, 절대 아끼지 말고 많은 사람에게 나누어주렴.

　추억이 사라질 걱정은 하지 않아도 괜찮아. 이 바다가, 모래가, 파도가, 햇살이, 하늘이, 세상이, 내가, 절대로 잊지 않고 있을 테니까. 사랑은 태초에 생겨난 순간부터 절대 잊히지 않도록 만들어진 존재야. 아름다운 사랑일수록 세상은 간직하고 싶어 하거든. 그 아름다운 사랑들이 모여 세상을 아름답게 만드니까.

　하얀 태양이 만들어놓은 아이의 그림자 위에 무릎을 꿇는다. 모래 위에 뉘어져 있던 아이의 몸을 살며시 일으켜 품 안에 가둔다. 보슬보슬 겨울비가 아직 발그스레한 아이의 뺨 위에 한 두 방울 내려앉는다. 아이를 받친 반대쪽 손 엄지손가락으로 하얀 뺨 위에 묻어있는 물방울을 조심스럽게 닦아준다. 후두둑. 기다렸다는 듯이 빗방울이 줄기차게 떨어진다.

아이가 아무 말도 들을 수 없기에, 나도 아무 말도 하지 않는다. 아이가 이젠 볼 수도, 들을 수 없기에, 그 대신 언어가 아닌 다른 소리로 떠나버린 아이의 빈자리를 메운다. 텅 비어버린 겨울바다를, 눈물과 울음소리가 채운다.

이미 차가워져서 굳어버린 아이의 손을 잡아준다. 귓가에 새벽별 같은 아이의 목소리가 들리는 듯하다. 잠들어버린 아이의 머리를 감싸 안는다.

가만히 고개를 숙여 내 무릎을 베고 누워있는 아이의 얼굴을 본다. 천천히 고개를 숙여 아이에게 가볍게 입을 맞춘다. 차가워진 입 안에 온기를 불어넣어준다. 난 금방 다시 따뜻해질 수 있겠지만, 넌 먼 길을 가야 하잖니. 날씨가 꽤 춥네. 흘러 내려갔던 담요를 다시 아이의 몸에 꼭 덮어준다.

계속 말해서 잔소리 같을 수도 있겠지만, 아이야, 조심해서 가. 하늘을 올려다 볼 때마다 널 생각할 테니까 넌 행복하게 살아가는 모습만 보여주면 돼. 나보다 조금 높은 곳에 네가 있을 뿐, 우리는 꼭 다시 만날 테니까.

(bibliography 신승훈- 나보다 조금 더 높은 곳에 네가 있을 뿐)

열번째 이야기
무얼 드시겠습니까?

바람이 지나치리만큼 세게 분다. 겨울임에도 불구하고 유달리 추운 날이다. 집에서 나와 차까지 가는 몇 분 안 되는 시간 동안 살을 에는 추위가 저절로 몸을 움츠러들게 만든다. 며칠 전에 인터넷에서 찾아 본 레스토랑의 이름을 내비게이션에 입력하자 삑 하는 소리와 함께 그곳으로 가는 길이 분홍색으로 표시된다. 예상 소요 시간은 사십 분. 조금 속도 위반을 해야지 원하는 시간에 도착할 수 있을 것 같다. 허둥지둥 차를 출발시킨다.

국도가 의외로 한산하다. 차가 별로 없는 밤길을 달리는 일은 언제나 사람을 기분 좋게 만든다. 이 큰 도로를 내가 다 가진 기분이랄까. 항상 차로 바글바글한 도로만 달리다 보면, 한산한 곳이 그리워지는 법이다. 예전에는 귀농하는 사람들에 대해 상당히 안 좋은 시선을 보내던 나였는데, 요즘은 그런 사람들이 점점 이해가 간다.

사진으로 봤을 때 인테리어가 세련돼서 찾은 레스토랑이었는데, 막상 와서 눈으로 보니까 별로 마음에 들지 않는다. 이럴 때마다 다시는 사진을 믿지 않겠다고 다짐하곤 하지만, 번번이 잊어버리는 내 자신이 한심하다. 문을 열자 천장에 매달린 종에서 맑은 소리가 울린다. 어느 정도 구석진 곳으로 가 자리를 잡는다.

"무얼 드시겠습니까?"

무미건조한 웨이터의 목소리가 들리자 나도 모르게 입에서 자조적인 웃음이 내뱉어진다. 넌 로봇이니 하고 물어볼 정도로 기계적인 어투. 저 사람은 도대체 이 식당에서 하루에 이 말을 몇 번이나 하는 걸까? 나도, 너도, 참 불쌍하다.

152 별이 트다

"코스요리. 에이세트로."

"네, 오늘 에이세트에 나오는 음식은…."

"거기 있는 메뉴 말고. 다른 걸로 줘. 에피타이저로는 고섹의 가보트를 가져다 줬으면 좋겠어. 요리를 할 때 스타카토를 살리지 않으면 가보트 특유의 맛이 사라질 테니까 조심하고. 최대한 귀엽고 경쾌하게 만들어봐. 원래 왈츠를 위해 만들어진 음식이니까 어떻게 만들어야 할 지 기본적인 레시피는 알 거라고 생각해."

"손님, 죄송하지만…."

"네 대본에 없는 대사를 한다고 해서 당황하지 마. 그래서 어떻게 일류 웨이터가 되겠다는 거야? 앙트레로는 비창 2악장이 좋겠어. 부드럽게 만들지 못하고 질기기만 하면 음식 맛이 얼마나 추락하는지는 예상하고 있지? 오른쪽 주선율을 살리지 못하면 이도저도 아닌 쓰레기 같은 음식이 되고 마니까 그 점 유의하고. 메인으로는 바흐의 토가타와 푸가를 내 와. 일렉 바이올린 같은 화학조미료가 섞인 걸 가져왔다가는 돈은 하나도 못 받을 줄 알아. 순수한 파이프 오르간으로 부탁해. 사실 나도 얘가 맛이 꽤 강해서 즐겨 먹지는 않지만 오늘은 조금 거창한 식사를 하고 싶군. 이건 첫 맛이 좋아야 해. 처음에 입에 들어왔을 때 그 맛이 충분히 강렬하지 않으면 아마 그 뒤는 입도 대지 않을 거라고 생각하라고. 그렇다고 해서 섬세한 맛을 놓치라는 얘기는 아냐. 노래에 한 가지 선율만 반복되지 않는 것처럼 한 가지 맛에만 충실하면 안 돼. 표현할 수 있는 맛은 최대한 표현하되 조잡하지 않게. 하긴, 이 메인은 여기 주방장에게는 좀 어려울 수도 있겠군. 실력을 보겠어. 얼마나 좋은 셰프인지 확인해보자고."

웨이터의 어이없다는 표정이 볼 만하다. 네 일과는 하나의 정해진 대본이었겠지. 모두 네가 예측한 말만 하고, 예측한 행동만 하는 세상에서 살아왔을 거야. 그러니까 갑자기 등장한 카메오가 애드리브를 잔뜩 넣어서 능

숙한 연기를 펼치니까 그렇게 바보같이 대응할 수밖에 없는 거겠지. 실력 없는 녀석 같으니라고.

"디저트는 슈만의 트라이메라이로 부탁할게. 메인이 상당히 강했으니까 디저트는 부드러운 게 좋겠지. 처음은 산뜻하게 시작했지만, 끝은 여운이 많이 남는 식사를 하고 싶어. 말을 많이 했더니 목이 많이 아파. 캐모마일 차같이 부드럽게 목으로 넘어가는, 그러나 그 맛과 향이 쉽게 잊히지 않는 요리를 만들어줘."

주문을 다 하고 나니 숨이 차다. 웨이터가 도대체 주방장에게 뭐라고 전해야 할 지 모르겠다는 듯 처량한 얼굴로 나를 쳐다본다. 조금만 더 유연하게 대처했으면 내가 널 도와 줄 수 있었을 텐데. 내가 눈으로 그렇게 말했지만 웨이터는 내 말을 하나도 알아듣지 못한 것 같다. 여기도 똑같구나. 한숨을 쉬며 자리에서 일어나 문을 열고 나간다. 웨이터가 멍한 얼굴로 나를 쳐다보는 게 느껴진다.

그 레스토랑과 같은 건물이라고는 믿겨지지 않을 정도로 낡은 주차장으로 내려가 다시 차에 오른다. 시동을 걸자 안전벨트를 매라고 삑삑거리는 소리가 들린다. 신경질적으로 안전벨트를 잡아맨다. 이런 단순한 기계 따위에 짜증을 느끼는 내 자신이 한심해서 또 기분이 나빠진다. 어차피 넌 아무것도 모른 채로 시키는 일만 하는 것뿐인데, 난 왜 네가 원해서 하는 짓도 아닌 것에 대해서 너한테 화를 내고 있는 걸까.

조금 거칠게 운전을 해 레스토랑 주차장을 빠져 나온다. 차를 허름해 보이는 옆 건물에 다시 세워 놓고 눈에 띄는 빨간 비닐 지붕의 포장마차 안으로 뚜벅뚜벅 걸어 들어간다.

"아저씨, 여기 베토벤 일인분만 주세요."

내가 들어도 바보 같을 정도로 맥이 빠진 목소리로 중얼거린다.

"젊은이, 술 취했구먼. 우리 집에는 베토벤 없으니까 떡볶이나 먹으라고.

허허."

떡볶이를 접시 한 가득 담아주는 손길이 여유롭다. 아저씨가 덤으로 넣어준 오징어 튀김 한 개가 들어있는 떡볶이를 바라보자 나도 모르게 웃음이 터진다. 아저씨, 고마워요.

순간 화려한 디자인의 히터가 뜨거운 바람을 내뿜어내고 있는 저 레스토랑보다 석유난로 하나가 제 자리를 지키고 있는 이곳이 훨씬 더 따듯하다는 생각이 든다. 보들보들하고 감칠맛 나는 떡볶이가 목으로 넘어가는 느낌이 좋다.

계산을 일어나 하려고 지갑을 열었더니 십만 원짜리 수표만 가득하다. 한심한 내 자신을 보고 또 한 번 웃는다. 그러나 레스토랑에서 웨이터를 보고 웃었을 때와는 조금 다른 웃음이다. 쉽게 차이를 느낄 수 없는, 미묘하지만 분명히 다른 웃음소리. 숨넘어갈 듯이 웃으며 아저씨를 한 번 쳐다보고는 아까 앉았던 자리에 다시 앉는다.

"아저씨, 떡볶이 십만 원어치만 주세요!"

초콜릿이
그리운

이 창 희

고백

사실 하늘은 넓다

지나가던 기차의 연기가 허공에서,

연기에 뒤덮인 소요가 구름이 되어 흩뿌려질 때에

나누어질 지저귐과 새들의 노래처럼

하늘을 올려다보던 나도

머엉, 환상은 멀어지는 기러기로

사라지고야 말았는데

힘찬 날갯짓은 점이 되어 박혔다

사실 기러기는 작았다

나는 점이 되고 싶지 않았지만,

결국 드러난 진실과 슬픔의 고백은

눈물에 드리워 흐릿했다 흐려도 상관은 없었다

고백은 충충한 호수에 점이 되어

박혔는데 어여뻐, 나 자신에게 보내는

찬사는 하나의 시가 되어

그대의 마음에 아프게 박히고 있다.

산

가고 싶다 너의 눈에 비친 산,
나뭇잎들이 술렁술렁 고갯짓하는 그 곳에
어느 날 문득 네가 말하길
삶에는 오르막길 밖에 없다….
그 말이 진실이라면 나의 오르막길은 저 산을 올라가는 길,
단풍잎이 아니라 하여도 상관은 없을 것이다

너는 약했다 나의 눈물을 마주하였을 때,
결국 산은 네가 아니었음을 오래 전에 알았어야 했는데
후회해보아도 소용은 없겠지만
너는 산을 오르는 수많은 인파에 섞였다….
그 옆에 내가 있었다면 눈물에 섞인 너,
검붉은 단풍잎이 되어 내 앞을 맴돌았을 것이다

너는 울었다 나뭇잎이 되어 떨어질 적에,
내가 너의 울음을 스치던 순간은 매우 짧아
나는 다시 거짓된 혹은 진실된 오르막길을 올랐으니
너의 눈물에는 산이 있었다….
흘러내리는 방울 사이로 엿보이던 나,
나는 후두두 떨어지는 잎새들에 섞여 바닥에 등을 대었다.

이별

그것은 가슴 중심에 꽂힌 칼에 배인 뜨거운 피였다
파리하게 얼어붙은 다리를 타고 흘러내리는 순정이었다
지표를 뚫고 치닫다가도 다시 하늘을 가르는 전율이었다
심장덩어리를 흩뿌린 칼에 진동하는 고통의 냄새였다

네번째 이야기

이름

이름을 불렀다, 대답이 없었으니

고개 숙인 해의 어스름에 파묻혀

호수는 죽었다, 푸르딩딩한 빛살이

물무늬에 부딪혀 튕겨 나와서

사슴은 없었다, 흐려진 산봉우리에

퍼어런 서슬은 호수로 가렸다

결국은 그랬다, 이름은 없었으니

어둠에 가려진 물살과 유리 서슬에

사슴도 가렸다, 그러나 결국

하르르 낙엽이 되어 떨어진 해는

해가 아니었다, 이름이 없음이

죄가 아니라 하여도 불러볼 수 없는

슬픔은 있었다, 하늘이 아닌 창공에

반짝이는 어떤 것 네가 아니었다

무지의 죄

물보라에 떠밀려가다 보면
언뜻 비치는 파도의 희생양들과 수면에
난잡한 머리카락 몇 올인지,

흐느적거리는 나의 팔에서
시큰한 상처가 다리를 죄어오는데 이미
풀려버린 고삐와 파리해진 얼굴로
더 이상 마음의 채찍을 휘두를 수 없는 나
안타까워, 몸을 당기는 귀신의 정체를
알려 하지 않는다 결국은

지상에서 무지의 늪으로 가는
그 길은 결코 짧지 않았으니 알지 못하는
잘못으로 나는 한 명의 희생양이 되어,
카랑카랑한 밤하늘에 별이 되어 박혀버린
나의 머리카락 잡을 수 없다

아아, 잡아당길 다리가 보인다.

소원

눈물에 녹아 있는 사람이었으면,
포도에 알알이 박힌 과즙처럼 너의 시어짐을
달콤하게 하였으면, 설사 내가
슬픔의 씨앗으로 방울방울 떨어진다 하여도
괜찮으니 네가 나의 슬픔을
사랑하여 울었으면, 우리의 결실이 보랏빛으로
물들던 그날에 하늘이 붉었으면.

열번째 이야기

거짓의 향기

향기, 가슴부터 밀려오던 포옹의

그날, 천사의 날개를 잡은 것만 같던

믿음, 생기를 불어 넣어 약동하던

생명, 마음의 향기를 따라 걷던 길

끝에, 하느님 어디에도 없었기에

거짓, 진실만 가득할 순 없다는

진실, 절망의 배회 주변에 맴도는

배신, 갈앉은 믿음을 그리던 나는

삶의, 비루하고 역겨운 조건에 부딪힐 수

없어, 잔인한 모순에 얽혀버린

미로, 스피노자가 말했던 관조의

태도, 그러나 삶에 묶여버린 인간의

한계, 천국을 찾으려는 무엄한 시도는

죄악, 하느님 계신 그 곳에서 내려다보려는

생각, 일찌감치 버려야지 관조는 언제나

처벌, 또 다른 향기를 좇으려는 그대의

손을, 잡고 나와 빠져들지 않겠소 먼 곳의

바다, 미지의 어둠으로 허식일지라도

제안, 그러나 바다는 거짓의 다른 이름으로

하늘, 우러러보며 무릎 꿇네

제발, 나를 악하게 만들지 말기를.

한숨

아련히 피어오르는 연기 사이로 문득
그대의 한숨 소리가 들려오는 듯해서 서러웠다
세파에 시달리느라 마음마저 각박해진다고
생명이 움트는 봄에 정처 없는 구름이 외롭다고
유쾌해 보이는 소요에 갈앉은 고요가 슬프다고
만개한 벚나무 아래서 꽃사태를 맞으며 웅얼이던
뒷모습, 나는 아지랑이 피어오르는 들녘에서 울었다.

광야

볕이 드리운 광야 중앙
날리지 않는 모래바람이 머리를,
정신을 어지럽히는데 귀신아
헐떡이며 나를 쫓지 말아라
홀쩍이며 얼굴을 두 팔에 파묻고
아무도 없는 광막한 사막
끝은 있는가 묻지도 못한 채 나는
누비고 있다, 눈 밑이 띵하다
글썽이는 눈물 닦을 새 없으니
未忘의 그림자가 족쇄로
내게 주어진 자유의 벌판은 결국
벗어날 수 없는 감옥, 그러나
나의 수갑을 붙드는 그 이름은
서럽게 갈앉은 애수와 비정함이니
신음은 아롱거리는 사람의
자취와 어느새 바래었고
한낮 그늘은 어디에도 하나 없다
빛살이 목을 죄어 온다.

비

추적추적 내리는 빗길을 걷는다
방울이 가시가 되어 섧게 박히는데
울 수 없는 비통함이 무량하여
잔인하고 흘리는 눈물은 비가 된다

안개군단이 가린 나의 흐느낌,
아무도 보아주지 않으니 눈물 적실 수 없다
마지막 자존심과 나뭇가지는 그리움을 맺고
열매로 열린 애증은 너를 향하니

실소는 서글픈 환멸이 되어 너와 나의
환상이었을 추억을 씻기고 있다
떠나가네, 아름다운 별로 박힐 나날들이
하늘에 흩뿌려진 은가루가 반짝이는데

나는 비 내리는 밤길을 걷고 있다
애통한 웃음소리는 빗소리에 묻혀
꽃잎 날리는 향기로웠던 사월의 기억,
사위어가니 그리움은 가을이 된다

떨어지는 진달래가 어느새 낙엽이다.

찬사

그대는 세계 중심의 환호,
수줍음에 물러서는 봄바람의 끝자락

햇살을 담은 호수의 물무늬
그리고 내 가슴에서 만개하는 복사꽃

찬사는 소리 없이 스러져가지만
차르르 늘어뜨려진 가지처럼 눈은 감기는데

그대와의 작은 포옹은 수려한
아름다움이 되어 나에게 안기고 있다.

운명

외로움이 발등을 간질이는 여름밤에
등짝을 토닥거리는 빗방울이 느껴지지 않을 만큼
적셔진 나의 마음은 반지가 되어

만남의 끈에 매였다 중앙의 보석이 반짝,
하던 그 순간에도 매듭은 단단했으니 고독은
영원한 나의 운명, 평생 은빛으로
남아 있어야 할 하늘과의 유일한 소통

약속의 목걸이 목에 감았던 그날의
기억은 시작을 찾을 수 없고 홀로 있어야 하네,
라고 이르셨던 당신을 그리워하는 지금

다시 만날 시간은 당신만이 아십니다.

밤하늘에
별 하나

손 하 늘

오늘도

문을 열었습니다
집을 나섰습니다
거릴 걸었습니다
거길 들렀습니다
일을 끝냈습니다
거길 나왔습니다
거릴 걸었습니다
집에 다왔습니다
문을 열었습니다

오늘도

해가 떴습니다
비가 떴습니다
구름 꼈습니다
하늘 흐립니다
눈이 왔습니다
천둥 울립니다
번개 쳤습니다

오늘도

오늘도

돌아가는 초침
떠오르는 태양
져어가는 노을
지나가는 하루

기차

기차를 탔어요
어디로 갈지는 모른 채
무작정 몸을 태웠어요

"바로 여기에요
저 여기 내리고 싶어요."

아차
기차는 마음대로 중간에
멈추지 못하네요
기차는 계속 달리네요

"경치가 너무 아름답네요
사진을 찍어야겠어요."

아차
사진기 뒤지는 그 사이에
터널 안으로 와버렸네요
기차는 계속 달리네요

잠이나 자야겠어요
눈 다시 뜰 때면
그 땐 기차가 서있겠죠

눈 떴어요
기차가 서 있네요
웬일일까요

"여기 어디에요
다 온 건가요?"

"네
이젠 마음껏 내리셔서
아름다운 경치를
사진기로 찍으셔도 돼요."

아
사진기가 사라져버렸어요
몸이 굳었어요

"이 기차에서
나가게 해주세요
제발."

…

"잠이나 자세요
눈 다시 뜰 때면
그 땐 기차에서 내려져 있겠죠."

비

비가 내려오네요
어느새 주르륵… 주르륵 하며

빗물이 고이네요
어느새 넘쳐만 가네요

창문에 빗자국이 남네요
어느새 밖도 보이지 않네요

이젠 그대의 눈물도
빗물과 차이가 나질 않잖아요

얼마나 더 흘려야
그치나요

아무리 기다리고 기다려도
끝내 멈추질 않네요

이젠 제가 그 빗물을
다 모으려 해요

제게 그 빗물의 깊이란

제가 그댈 사랑한 정도이자

앞으로도 그댈 사랑할

시간의 길이니까요

고이 간직할게요

이젠 얼마든지

흘려도 좋아요

꽃

정원 앞
바람 불고
향기 날리는
아름다운 꽃들
나를 끌어들이네
언제나 그러했듯이
오늘도 다가가게 되는
꽃들의 매혹적인 모습은
항상 내 감탄을 자아낸다네
누군가가 생각나기 때문일까?
아아, 이제야 누군지 생각났다네
그 누군가란 바로 떠나간 그이라네
더 이상 그이 생각 안하려고 했건만
그이 생각 내 뇌리에서 지우려 했건만
꽃들 앞에선 그런 노력도 물거품이라네
꽃들 앞에선 내 뇌리는 백지가 되고 마네
꽃에서 나온 그 아름답디 아름다운 향기란
심취하도록 마시지 않는 이상 어찌 이해하리
그 향기란 헤어나올 수 없는 중독성 기체라네
오늘도 나는 그 향길 맡고 돌아오는 길이네!
그런데 돌아오는 그 길은 너무도 슬프다네
그 길엔 더 이상 향기가 없기 때문일세
다시 뒤돌아볼까 하고 망설이다가도
스스로를 책하는 내 자신이….
그러한 내 자신이 부끄러워서
어느새… 눈물을 또 흘리고
한숨을 쉬며 눈물을 닦고
다시금 앞을 향하는 나
현실을 받아들이고자
떠난 그이를 잊고자
굳이 애 쓰는 나
역시나 오늘도
향기 날리고
바람 부는
정원 앞
그이.
꽃

다섯번째 이야기
안녕히 주무세요

20년 전 요맘때였습니다.

학교 수업이 끝마치기만 하면 친구들과 놀러 돌아다니기 바빴던 나였습니다.

아버지는 일찍 돌아가시고 어머니는 시장에 채소를 팔러 나가셨습니다.

어머니는 주로 저녁 8시쯤이면 돌아오셨습니다.

해가 일찍 지는 겨울에는 저녁 6시쯤이면 돌아오셨습니다.

어머니는 내가 언제쯤 올까 하는 마음으로 기다리셨을 겁니다.

나는 어머니가 장사를 하시면 늦게 오실 거라고 믿었기에,

그러한 바보 같은 믿음이 결국 친구들과 더 많이 놀기 위한 단순한 핑계임을 알고 있었음에도 불구하고 나는 어머니 따위의 존재는 수년간

나도 모르게 망각된 채 살아왔습니다.

하루는, 여느 때와 다름없이 밤늦게 집, 아니 집이라고 하기엔 너무나도 작은 하나의 작은 다락방에 들어선 내게

눈에 띄는 게 두 가지 있었습니다.

이미 식어버린, 몇 시간 전에 정성스레 준비해놓으신 만찬,

그리고 이미 그 옆에서 고이 잠드신 어머니.

그러나 실제로 만찬은 결코 식지 않았습니다.

지쳐 잠드신 어머니의 숭고한 숨결에 의해 데워지고 있었습니다.

나는 순간 기억이 났습니다.

"아들아, 오늘은 밖에서 친구들이랑 군것질 말고 꼭 집에 일찍 들어와서 저녁을 같이 먹자꾸나!"

감히 지쳐 잠드신 어머니의 얼굴을 볼 수 없었습니다.

감히 어머니께 나란 불효자의 얼굴을 보여드릴 수 없었습니다.

갑자기 눈앞이 흐려지기 시작했습니다.

급기야 참으려했던 눈물이 볼을 타고 내려와 음식 위로 떨어졌습니다.

너무나 많은 눈물이 쏟아졌습니다.

나도 내 자신을 주체할 수 없을 정도로 많은 양의 눈물이 쏟아졌습니다.

이젠 더 이상 쏟아질 눈물도 없이 눈은 메말라버렸습니다.

내 눈도 곧 스르르 감겼습니다.

그렇게 그날 밤, 어머니의 땀이 밴 음식을 사이에 둔 채 나와 어머니는 잠들어버렸습니다.

어머니는 그렇게 영원토록 잠드셨습니다.

이미 쇠약해질 대로 쇠약해진 어머니는 그렇게 잠드셨습니다.

더 이상 나올 눈물도 다 메말라버리고 없는 내게 느껴진 건

오직 슬픔, 그 자체였습니다.

그리고 어머니는 내게 '추억,' 이 한 가지만을 남겨두고 떠나셨습니다.

그러나…

그러나 나는 정작 주무신 어머니의 모습 앞에서

'안녕히 주무세요'란 말 한 마디조차 못하고 어머니를 놓아주어버렸습니다.

나는 죄인입니다.

나는 내 생애 가장 중요했던 부모님께 가장 기본적인 말 한마디조차 못한 죄인입니다.

어머니의 마지막 잠드신 모습.

오늘따라 다시 한 번 어머니의 잠드신 모습이 그립습니다.

그로부터 20년이나 지난 나는 이제야 이렇게 하늘나라에서 편히 쉬시라고 말씀드립니다.

안녕히 주무세요.

용서하세요.

이젠 편히 주무세요.

여섯번째 이야기

죽음

시린 밤하늘 어두운 그늘이 드리운다.
죽음이란 운명에 하늘이 운다.
저 창밖 너머에서 운명의 여신이 손을 흔든다.

돌아올 수 없는 활주로를 쉴 틈 없이 달려왔던 나의 생애엔
정작 필요한 사랑과 애정, 그리고 기쁨이라곤 내게서 멀리 떨어진 채
분노와 증오만이 들끓는 건 왜일까

가족, 벗, 연인, 그 누구와의 행복도 주어지지 않은 내겐
추억을 간직해줄 마음만 지닌 채
이제 고요히 눈을 감을 뿐.

일곱번째 이야기

별

말똥말똥 밝은 별에 쥐 죽은 듯이 고요한 밤하늘

여기 누워 손 뻗쳐보지만 닿는 건 차디찬 바람뿐

갑작스런 떨림에 손은 하강(下降), 마음만은 상승(上昇)

필시 이 바람에 흔들리지 않는 건 저 별뿐인가 하노라

호수

잔잔한 호숫가였어요

문득 허리 굽혀 수면(水面)에 후하고 바람 불었지요

그러더니 물결이 쫘악 퍼지더군요

좋아라하며 손뼉치고 까르르 웃었지요

그때 나뭇잎 하나 호수 정중앙에 떨어졌어요

문득 고개 돌려 수면을 응시하니

이전 물결보다 더 넓은 범주로 퍼져나가는 것 아니겠어요?

신기해하며 와아하고 감탄했지요

갑자기 바람이 세차게 불더군요

문득 수면을 그윽하게 바라보니

물결 전체가 흔들리며 파동이 일어났어요

"…."

샘이 났어요

쳇, 이젠 태풍이라도 불어와 호수를 뒤엎을 건가요?

무서워요

빨리 집에 갈래요

엄마하고 아빠가 있는 집으로

아홉번째 이야기
햇빛

햇빛은 아름답다

거룩한 아침햇살은 세상을 밝게 비춘다

그 햇살을 머금은 생물들은 오랜 잠 속에서 깨어난다

햇빛은 찬란하다

언제나 감탄이 터져 나오리만큼,

아름답도록 오묘한 햇살의 각도와 휘황찬란한 빛줄기에 내 자신은 작아

져만 간다

햇빛은 강렬하다

따가운 햇살을 우리의 살에 닿으며, 또 스며들며

짜릿한 전율을, 한편으로는 무언의 희열을 심어준다

그럼에도 햇빛은 우리의 응시를 거부한다

그토록 아름답고, 찬란하고, 또 강렬하다는 햇빛을 한 번 또 한 번 바라

보려 해도…

딱 한번만 바라보려 해도…

정 아니 된다면

태양의 그 위대함 역시

아름답지도, 찬란하지도, 강렬하지 않은 겁니까

참말로 그런 겁니까

단 하나의 차이

세상은 단 하나의 차이로 인해 모든 것이 변한다

신념을 가졌던 자가

단념을 해버린다거나

희망에 부풀어있던 자가

절망의 나락에 떨어져버린다거나

애착을 느끼던 자가

집착에 빠져버린다거나

하지만 하나의 차이가 만들어낼 수 있는, 무엇보다 큰 변화는

추억 속에 존재하던 그 사람을 추억 속에서는 지워버리고

기억 속에만 넣어두는 것이다

다시 기억 속에 넣어두었던 그 사람을 꺼내

마지막 숨결까지 추억의 한 구석에 새겨놓으려 한다

그렇다면 더 이상

집착이 아닌 애착을

절망이 아닌 희망을

단념이 아닌 신념을

그 사람에게 미소 지으며 보여줄 수 있겠지

단 하나의 차이란 바로 이런 거라는 것도….

눈물을 닦아주는 사람

당신은 눈물을 흘려본 적 있나요

정작 당신은 울고 싶을 때 눈물이 나오지 않은 적 있나요

정말 눈물을 흘리고 팠던 적 있나요

가슴이 당신의 마음을 이해 못한 적 있나요

빗물이 주룩주룩 떨어지던 날 그 거리를 걸어본 적 있나요

그 빗물이 당신의 눈물이라고 생각해본 적 있나요

비를 맞는 누군가에게 우산을 내민 적 있나요

비를 맞고 있는 당신에게 우산을 내민 누군가에게 고맙단 말 해본 적 있나요

사랑하던 사람에게 고백해본 적 있나요

좋아하던 누군가 앞에서 얼굴만 억지로 돌린 적 있나요

사귄다면 잘해줄 거라고 당당하게 말해본 적 있나요

앞으로도 나의 영원한 한 사랑이라고 누군가에게 말해준 적 있나요

당신은 눈물을 흘려본 적 있나요

당신은 누군가의 눈가에 맺힌 눈물을 닦아줄 수 있나요

당신은 누군가를 어루만지며 눈을 마주칠 수 있는 사람이 될 수 있나요

아니면 적어도 그 사람이 저라고 생각해본 적은 있나요

길수명수전

옛날 옛적에 서로 이웃인 두 평민 길수와 명수가 한 마을에 함께 살고 있었다. 하루는 명수가 길수에게 제안했다.

"자네가 우리 밭을 가는 일 좀 맡아주지 않겠나? 물론 공짜로는 아닐세. 자네가 매일 이 밭을 갈아 줄때마다, 밭의 사분의 일 되는 면적에서 수확한 건 자네가 모두 가져도 되네."

제안이 꽤 괜찮았던 길수는 그 제안을 흔쾌히 받아들이고는 그 다음날부터 곧바로 명수의 밭가는 일을 시작했다. 지루하고 고단한 일이었지만 그만큼 많은 수확량을 걷어 들이고 집을 계속 부양할 수 있다는 굳은 믿음 덕분에 일을 행복하게 해나갔다. 충분히 부자였던 명수 역시 그쯤이야 손해 보는 일이 아니라고 생각했기 때문에 길수가 일이 끝날 때쯤이면 약속했었던 수확한 것들을 들고 가게 해주었다.

여느 때처럼 열심히 밭을 갈던 길수는 '땅!' 하고 어떤 단단한 물체에 쟁기가 세게 부딪히는 걸 느꼈다. 평소에도 흔히 돌 같이 딱딱한 물체들이 밭 속에 있음을 알았던 길수는 조심히 그 돌을 꺼내고자 하였다. 그러나 꺼내고자 하니, 너무 무거워 생각보다 쉽사리 들어지지가 않았다. 그래서 쟁기로 조금도 깊숙이, 꺼내기 좋게 파서 그 물체를 들어올렸다. 그런데 이건 돌이라고 하기에는 너무 크고 또 너무 눈이 부신 표면을 가지고 있었다. 그렇다! 바로 그건 황금덩어리였던 것이다!

길수는 흥얼거리며 명수가 지정해준 사분의 일 땅에서 황금덩어리가 나오자 조심히 안 보이는 곳에 옮겨놓고는 밭을 마저 다 갈았다. 여느 때와 다름없이 그는 명수에게 검사를 받고 집에 가도록 허락을 받았고, 황금덩어리를 조심스럽게 들고 수확물들과 함께 집으로 들고 왔다. 하지만 하필이면 그때 명수의 아내가 그것을 본 게 아니겠는가! 이것을 보고 가만히 있을 리 없는 길수 네는 곧 그날 밤 치밀한 계략을 꾸미며 그 다음 날 바로 실행에 옮기기로 했다.

그 다음 날이 되자, 갑자기 길수네 집에 관군들이 들이닥치고는 길수를 체포하였다. 무슨 일인고 하니, 길수가 명수네 집에 하나밖에 없던 귀한 황금덩어리를 훔쳤다는 것이었다. 길수가 어이가 없어 고을의 사또 앞에서 명수와 한 거래를 알려주니 명수 네가 말도 안 된다며 그런 거래 따위는 애초부터 존재조차 하지 않았다는 것이었다. 그리고는 길수가 항상 자기네 집을 얼쩡거렸다며 길수를 진퇴양난에 빠지게 만들었다. 명수와의 거래를 사실대로 말했음에도 불구하고 그것이 받아들여지기는커녕 오히려 얼쩡거리며 틈을 타 황금덩어리를 훔쳤다고 하니 허위 사실 유포 죄와 횡령죄로 이중으로 처벌을 받게 되었다. 그리하여 길수는 며칠간의 투옥 후 죗값에 따른 형량을 정한다는 것이었다.

그날 밤 길수의 아내, 미희가 면회를 하러 왔다. 그러자 길수에게 하는 말이 자신에게 방법이 있다는 것이다. 면회가 끝날 때쯤이 되자 길수의 우울한 얼굴은 이미 미소를 띠고 있었다.

그 다음 날 아침, 미희는 먼저 그 고을을 가가호호 찾아다니며 매우 대단한 광경을 보여주겠다며 한 시간 후에 자신의 집으로 모이라고 했다. 물론 찍소리도 없이 조용히 와달라고 부탁했다. 명수 네가 눈치 채지 못하도록 말이다. 그리고는 자신의 아들, 길두를 시켜 명수네 집에 가서 예의바른 자세로 다음과 같이 말하도록 시켰다. "명수 아저씨, 안녕하세요. 저는 길두고, 길수 아저씨 아들이에요. 얼마 전에 저희 아버지가 황금덩어리를 훔쳐서 감옥에 들어간 거 아시죠? 그래서 저희 어머니께서 이참에 저희 집에 오셔서 술을 함께 나눠 잡수신 후에 황금덩어리를 들고 가시는 게 어떻겠냐고 여쭤보라고 하시더라고요." 명수가 기쁘게 허락을 했다는 소식을 전하자 미희는 명수에게 잘했다며 칭찬을 했다. 마지막으로 미희는 대문 앞에 식탁을 놓고 그 위에는 술과 술잔을 올려놓았다. 자신의 바지 앞주머니에는 길수 네 집 재산과도 다름없는 금으로 된 고리를 잘 보이도록 달아놓았다. 이젠 계획의 모든 준비가 다 된 미희는 주먹을 불끈 쥐며 살포시 미소를 지었다.

한 시간 후가 되자, 고을의 주민들이 한두 명씩 모이기 시작했고 모두 모이고 나서 그들을 방 안, 집 뒷간 등에 숨겨놓고 이제부터 일어나는 일을 자세히 보라고 했다. 약 십 분 후, 명수가 들어오자 미희가 반갑게 맞으며 찾아와서 고맙다며 자리에 앉혔다. 이윽고 술을 서로 나눠 마시니 서로 조금씩 취해갔다. 그러자 명수도 조금씩 흥얼거리며 어느새 미희의 앞주머니에 달려있던 금고리가 눈에 들어오게 되었다. 견물생심이라, 게다가 술에 취해서 몽롱한 정신 때문에 무심코 손이 금 고리에 가게 되었다. 이 때다 싶어 미희는 "꺅!" 하고 소리를 지르며 "구해줘요!"라고 크게 외쳤다. 그러자 곳곳에 숨어서 이를 보고 있던 주민들이 우르르 달려 나와 미희를 구출해주려 하였다. 그 중 몇몇은 관원들을 부르러 달려 나가고 몇몇은 큰 소리를 내며 명수를 혼내주려 하였다. 그 자리는 이내 난장판이 되었고 지나가던 행인들도 몰리게 되었다.

얼마 지내지 않아 관원들이 떼를 지어 몰려왔고 경위를 물어보았다. 명수가 제일 먼저 필사적으로 외쳤다. "관군님! 술을 서로 마시다가 실수로 미희에게 스치고 말았습니다! 저는 아무런 다른 의도도 없었습니다! 제발요!" 그러나, 옆에서 감정을 흔들 정도로 애처롭게 울고 있는 미희의 울음소리, 그리고 무엇보다도 온 주위에서 명수에게 적대심을 가진 주민들이 명수를 타도하는 외침 등이 끊임없이 들리는 상황에서 관군들이 이성적 판단을 내리기란 불가능이었다. 재빨리 도망치려고 혈안이 된 명수를 관원들은 곧 체포를 했고 재판을 하는 과정에서도 수없이 나열되는 명수의 죄목은 원님으로 하여금 하나의 결론을 내릴 수밖에 없게 만들었다. 당시 미희와 관련된 성폭력과 횡령미수죄뿐만 아니라 평소에도 부유하게 사는 명수가 그리 마음에 들지만은 않았던 주민들은 명수가 속히 처벌되어야 한다고 목소리를 높여갔다. 그러다보니 어느새 길수 역시 무죄라며 명수로 하여금 황금덩어리 그 이상의 값어치로 길수 네에게 보상을 해주어야 한다는 결론까지 도달했다. 벌떼같이 몰린 주민들의 빗발치는 아우성과 미희의 뚝뚝 떨어지는 눈물은 길수를 풀어내고 보상을 받는 데 충분했다.

길수가 풀려나오자 주민들은 함성을 질렀고 미희 역시 슬픔의 눈물 대신 기쁨의 눈물을 마음껏 흘렸다. 길수와 미희는 행복의 포옹과 입맞춤 후에 주민들을 향해 외쳤다. "여러분, 정말 감사합니다! 저희뿐만 아니라 여러분들도 이번을 통해 대단한 것을 느끼셨을 겁니다! 바로⋯ 바로 진실은 항상 승리한다는 것입니다!"

후에 명수 네에게 엄청난 보상을 받은 후 부유해진 길수 네는 명수와는 다르게 오히려 자신을 도와주었던 주민들에게 나눠주며 살고, 서로 아끼고 보살피며 하나의 대가족처럼 살아갔다. 이렇게 해서 그 고을 사람들은 항상 웃음을 잃지 않고 행복하게 오래오래 살았다고 한다. 물론 딱 명수 네를 빼고는 말이다.

진리슈퍼매그넘
울트라캡짱

김 형 국

공개수배: 희망

희망을 공개수배 합니다.

사람들에게 부풀어진 용기를 파는 사기범

희망을 공개수배 합니다.

사람들이 중독이 되도록 만들어

끝없이 갈구하도록 만든 그 죄는

엄히 벌 받아 마땅합니다.

사람들을 눈멀게 하여

고난과 어려움에 망각되게 만들어

자칫 위험에 빠트리기 쉬운,

부푼 기대를 주어 결국에는

허무함만 남겨주는,

어둠속의 빛 한 줄기가 되어

사람들을 눈부시게, 아니 눈멀게 하는

그것은 희망에 틀림없습니다.

희망을 보신 분은

저에게 그 희망을 가져다주십시오.

제발 저에게도 그런 희망을 가져다주십시오.

희망을 찾습니다.

새로운 물결

역사의 파도는 계속 또 계속
서로 뒤엉키고 뒤섞여
더 큰 파도를 만들어간다.
우리의 미래는, 우리의 파도는
넘사벽이 없다.
솔까말 우리의 당당한 물결은
하늘을 찌를 듯이 튀어 오른다.
부딪힘의 충격을 두려워할 수는 있지만
직면으로 날아오는 변화의 부딪힘에는 눈감지 않는다.
네가 잔물결이야 얘가 잔물결이야 하는
오나전 시대착오적인 얘기는 물 건너가고
포스트모더니즘의 파도가 해변에 몰려오면
그 파도와의 부딪힘을 두려워한 잉여 파도만
고스란히 그 자취를 감춘다.
절대로 잃는 것이 아니다.
그냥 물들여지는 것이 아니다.
시간은 물결처럼 흘러가고 우리는 그 물결을 타는 것이다.
우리 것이 아닌 것이 아니다.
그들의 것에 치우친 것이 아니다.
변화는 우리의 변화지 다른 그 누구의 것이 아니다.
파도는 우리의 파도지 다른 그 누구의 것이 아니다.
결국 싫은 것이 아니라 두려운 것이겠지.
GG가 네겐 답이다.

음악

설렘으로 가득 찬

나의 가슴을

그 해맑은 멜로디로

끝없이 부풀리는

화로 채워진

나의 심장을

심장 박동과 같은 강력한 비트로

마사지 해주는

슬픔으로 빚어진

나의 눈물마저

슬픔으로 덮어주는

너는 나의 음악.

세상 그 어떤 소리보다도 아름다운 천

상의 세레나데.

다만 지금은 네 MP3의 배터리가 다 달았을 뿐.

네가 없는 이곳에는 들을만한 노래가 없을 뿐.

다시 한 번 그 힘찬 목소리가,

그 아름다운 멜로디가 일어나기를 기원한다.

마지막 크리스마스

차가워

눈이 내리는 듯해

길거리 한가운데에서 멍하니 서있어

그리고 사람들의 환호성

나무들 주위에 감겨있는 조명,

곳곳에서 흘러나오는 캐럴,

맨손으로 눈을 던지는 어린아이들이 해맑게 웃어

아, 내일이 크리스마스인가…

다시 하늘을 바라보고는 해

아직 그리 많지는 않지만

몇몇 별들이

마치 모두 나를 바라보는 듯이 반짝이는 모습이

너무나도 아름답게 느껴져

그 아름다운 별빛을

고개를 들어올려

멍하니 바라보고 있을 수밖에 없어

눈물이 나올 것 같아서 고개를 내릴 수가 없어

가슴은 너무나도 갑갑해.

마치 중요한 것을 잃어버린 듯한 허전함만이

그 갑갑함 속에 묻혀있어.

별빛의 아름다움에 비교되는

내 자신이 너무 한심한 탓인지

입에서는 그저 헛웃음만 나오네.

언제부터였던가,

더 이상 기억이 나지 않아.

크리스마스의 그 설렘과 따뜻함,

가족의 사랑과

웃음소리, 그리고 희망.

그러나 꿈에서

나는 항상 그 거리에 나와 있고는 해.

꿈에서 나는 아이들과 함께 맨손으로 눈사람을 만들지.

즐거움에 손은 시리지도 않아.

춥기는커녕 너무나도 따뜻할 뿐이지.

물론 눈은 아직도 내리고 있어.

아이들은 아직도 눈사람을 만들고 있어.

그들의 순수한 눈망울도 그대로야.

그렇지만 손바닥을 내미는 순간

나는 이내 곧 꿈에서 깨버리고 말지.

나에게 눈은 여전히 차가워.

내 마음은 여전히 시려.

그래, 아마도 나에게는

크리스마스란 더 이상 없나봐

진정한 가치

아프다.
그러니까 내 말은
마음이 아프다는 것이 아니라
그냥 손가락의 상처가 아프다는 것이다.
고프다. 솔직히 말하자면
마음의 양식이 고픈 것은 아니고
아침을 굶어 그냥 배가 고프다.
눈물이 흐른다.
그렇지만 오해는 하지 말라.
슬퍼서 우는 것은 아니고
그냥 먼지가 눈에 들어갔다.
하, 웃음소리가 들린다.
어린아이의 순수한 웃음소리가 아닌
당신들을 비웃는 소리가.
물질만능주의적인 삶을 살다 보니
감동에 너무 메마른 것인가.
슬픈 이별이야기나 아름다운 사랑 이야기를 찾으러 온 거라면
그대들은 잘못 찾아온 것이다.
왜 모르나.
진정한 행복은 정말 가까이 있다는 것을
하루하루가 모두 행복일 수 있다는 것을
손가락이 다쳐도 아픈 것이고
눈에 먼지가 들어가도 눈물은 흐르는 것이다.
그냥 겉껍질의 딱딱함 그 자체를 사랑하라
부드러운 속살은 딱딱한 껍질 그 다음이다.

슬픈 깨달음

난 누구인가

난 그냥 나인 건가

특별한 용기도, 끈기도 없고

이제는 열정마저 없는 건가

살아오면서 느낀 것,

아니 앞으로 더 살아가면서 느끼게 될 것은

나는 단지 평범한 사람이라는 것

꿈속의 나는

동화 속의 주인공

영화 속의 멋진 히어로

하늘의 반짝이는 어여쁜 별님

태양계 중심에서 활활 타오르고 있는 태양

그러나 현실 속의 나는

백설 공주 속의 지나가는 행인 1

슈퍼맨 친구의 엄마 친구 아들

하늘의 구름 한 점

태양계의 운석

왜 이런 진실들이

이렇게 뼈저린 아픔으로

다가오는 것일까

아니면 단지 나는

여태까지 알고 있던 사실을

애써 외면하려 했던 것인가

슬픔은 넘치지만

과연 내가 눈물을 흘릴 자격이 있는지 의문이다

이제는

다른 이들의 사랑을 기대할

용기조차 없다.

아이스크림

밤새 논 뒤에 먹는

맛있는 아이스크림

입안에서 사르르 녹아요.

나와 다투었던 나의 친구가 사준

달콤한 아이스크림

서로를 향한 미움이 사르르 녹아요.

나를 혼내셨던 선생님께서 사주신

시원한 아이스크림

선생님에 대한 화가 사르르 녹아요.

새콤달콤 아이스크림이

차가웠던 우리 마음을 녹여요.

우리 한반도도 지금 많이 아파요

우리가 북쪽에게

아이스크림을 준다면

우리의 아픔도, 한반도의 38선도

아이스크림처럼 사르르 녹을까요?

나는 통일을 위해

오늘도 외칩니다.

I Scream

뒷무대의 주인공

사람들이 너를 보고

바보라고 비난하며

그들의 악에 대한 선입견을 행사하는 것에 대해

굳이 상처 받을 필요 없다.

사실 너는

이 시대의 진정한

아방가르드.

시대를 앞서간 계몽 사상가이지만

결국엔 전체주의의 희생자.

모두가 아는 뻔한 결말

괜한 발버둥 침으로

미움 받을지언정

너는 계속 발버둥 친다.

기적은 너의 편이 아니고

사랑조차 너의 것이 아니라 해도

너의 어두움은 진정한 어둠.

자신을 가리는

한줄기 빛을 위해

더 어두워지는 것을 서슴지 않는

스토리의 진정한 주인공

아픔을 간직한 영웅.

그러나 스포트라이트는 언젠가 움직인다.

언젠가 너에게 빛이 닿는 순간

어둠 속의 보석이 반짝인다.

이제는 너의 웃음소리가 헤피엔딩이다.

악당들이여

그대들이 있기에

오늘도

수많은 사람들이

소설을 읽고 영화를 본다.

여덟번째 이야기

내 방

자고 일어나 눈을 떠보면 천장이 보이게 된다. 그리고는 몸을 세워 기지개를 피고 주위를 살펴보면 내 방이 보이게 된다. 그러나 이러한 일은 너무 일상적인 일이기 때문에 그때 바라보는 방 모습은 그냥 지나치기 쉽다. 내 방은 나만의 공간이다. 내 방 안에서 나는 자유롭다. 아무도 상관하지 않는다. 내 방이 나를 무엇으로부터 보호해주지 못하는 것은 단 두 개, 수행평가 때문에 촉박한 시간과 부모님의 잔소리뿐이다. 이렇게 나에게 중요한 의미를 가지는 나의 방은 그 존재가 너무 당연시 된다. 하지만 기숙사 학교에 다니면서 주말에만 집에 오지 못하는 까닭에 요즘에는 자고 일어나보면 내 눈에 보이는 것은 익숙했던 내 방의 천장이 아니라 기숙사 327호의 천장뿐이다. 아니, 사실 이제는 그 327호의 천장이 더 익숙하다. 그러니 이젠 내 진짜 방이 마냥 내게 '너무나도 당연한' 공간인 것만 같지는 않다. 그런데 이상하게도 매주 일요일 아침 '진짜' 내 방에서 일어나면 여전히 마음이 편하다. 그래도 10년이라는 세월을 보낸 탓에 그 방이 몸에 배인 것 같다. 그래서 그런지 요즘 들어 내 방에 눈이 더 간다. 그동안 내가 알지 못했던 것들, 알면서도 지나쳤던 것들에 대해 관심을 가지게 된 것이다.

방은 별로 특별하지 않다. 특별히 넓지도 않고 그렇다고 해서 잘 꾸며놓

지도 않았다. 내 방에 있는 것이라곤 침대와 피아노 한 대, 그리고 옷장뿐이다. 방은 대체적으로 하얀색으로 덮여 있으며 바닥과 피아노만이 어두운 밤색을 띄고 있다. 처음에는 이러한 색깔 조합이 우리 집 분위기에 굉장히 고급스러운 분위기를 만들어주었으나 수많은 세월이 지나고 떼가 낀 지금의 모습은 그리 고급스럽지만은 않다. 그렇지만 고급스러움을 잃은 대신 정과 추억이 생겼다.

방문을 열었을 때 바로 왼쪽에 피아노가 있고 오른쪽에 침대가 있다. 침대 앞에는 큰 창문이 있고 침대 오른쪽엔 옷장이 있다. 피아노 옆에는 조그마한 공기청정기가 있다. 그런데 나는 그 기계를 언제 써야 하는지 잘 모르겠다. 그래서 잘 쓰지 않는다. 그냥 가끔 사용하고 싶으면 켜놓고 잔다. 그렇지만 켜놔도 딱히 무언가 바뀌는 것이 있는 것 같지는 않다. 공기청정기 위에는 크리스마스 때 산 장식품이 아직 달려있다. 크리스마스가 지난 지는 한참 지났지만 나름대로 장식품 역할을 하고 있다. 게다가 이제 곧 크리스마스이기도 하니 분위기도 꽤 맞는다. 침대 정면에는 창문이 달려있다. 그래서 침대에 누우면 창문을 볼 수 있다. 그러나 그리 낭만적이지는 않다. 특히 요즘은 겨울이라 추워서 창문을 닫아 놓아 아무것도 보이지 않을뿐더러 창문을 열어 논다 하더라도 창문 넘어 보이는 것은 우리 집 베란다뿐이다. 그냥 침대에 누워 생각에 잠길 때 창문을 바라보고는 하는데 그때마다 창문 표면의 어두운 빛깔은 나를 상상의 우주 속으로 끌고 간다. 가끔 별로 춥지 않을 때에는 창문을 열어 놓고 낮잠을 자기도 하는데 그럴 때마다 가끔 밖에서는 어린 아이들이 노는 소리가 들린다. 어린 아이들의 노는 소리를 듣고 있으면 그 어린아이들의 즐거움을 느낄 수 있어서 나까지 즐거워진다. 그 웃음소리 속에서 낮잠을 자면 그 아이들처럼 즐겁게 노는 꿈을 꿀지도 모른다.

내 침대와 피아노는 정말 오래 된 것들이다. 아마 10년도 더 됐을 것이

다. 내 침대 뒷부분에는 내가 아주 어릴 적에, 그러니까 너무 오래돼서 언제인지도 기억이 가물가물한 때에 붙여놓은 야광 스티커가 붙여 있다. 스티커의 달은 모자를 쓰고 환하게 웃고 있으며 여러 별들도 달 주위에서 장난스러운 웃음을 지으며 반짝이고 있다. 가끔씩 밤에 달과 별이 빛나는 그 스티커를 보고 있으면 꼭 내가 다시 어려진 것만 같다. 밤에 스스로 빛을 내는 달과 별들을 보고 너무 신기해했던 우주 비행사가 된 듯한 그 순수한 어린 아이의 마음이 다시 내게 찾아와 내 가슴을 두근거리게 만든다. 그런 두근거림을 가지고 잠을 자면 밤새 행복한 꿈을 꿀 것만 같은 기대에 부풀어 오르게 된다. 그러고 보면 나도 아직 어린애구나 하는 생각이 든다. 아직 내 인생의 대부분 동안 나는 유치원생으로 또 초등학생으로 내 방에서 지내왔다. 어쩌면 내 방은 그랬던 나를 기억하고 지금 다시 그 기억들을 나에게 보내주는 것 같다. 그리고 그러한 기억들 때문인지 내 침대에서 잘 때만큼은 잠을 정말 푹 자게 된다.

　침대 오른쪽에는 옷장이 있다. 옷장은 흰색 바탕의 어두운 갈색 테두리를 가진 단순한 사각형 모양을 하고 있다. 옷장은 벽 한쪽을 다 차지하고 있는데 이 옷장은 네 개의 옷장이 붙여있는 것이다. 따라서 큰 칸이 네 개나 된다. 그런데 사실 나는 옷에 별로 관심이 없다. 그래서 그 옷장이라는 것이 내 방에 있음에도 불구하고 관리는 엄마가 다 해주신다. 옷장에는 여러 칸이 있는데 제일 밑에는 속옷이 있고 그 위에는 양말, 그리고 그 위에는 기타 등등의 옷들이 있다. 그 위에 무슨 옷들이 있는지는 나도 잘 모르겠다. 요즘에는 학교를 다녀 교복을 입어서 별로 상관없는데 예전에 초등학교 다닐 때는 그냥 대부분 엄마가 주시는 옷 아무거나 입었다. 어떤 애들은 자기네들이 입고 싶은 것을 사서 아침마다 고집 부려서 입고 나온다는데 나는 옷 사러 가는 것이 귀찮기도 하고 굳이 옷을 고민해가며 입을 필요성도 느끼지 않았다. 그래서 옷에 관해서는 엄마와 싸울 일이 거의 없었다. 옷에 관해서 싸울 일이 있다면 그 이유는 단 하나, 옷이 불편해서이다. 가끔가다 엄마가 요즘 유행이라고 하며 꽉 끼는 바지나 긴 바지 같은 것들을 주시곤 하는데 나는 그런 것 말고 트레이닝복을 달라고 한다. 굳이 멋 부리려고 불편함을 견뎌낼 필요는 없지 않은가. 뭐, 내 생각은 그렇다. 하여튼 그럴 때마다 엄마는 나에게 촌스러운 놈이라며 뭐라 하신다. 그래도 나는 트레이닝복이 좋다. 그리고 몇 년 동안의 그러한 반복적인 항쟁 끝에 나의 옷장에 변화가 없다. 내가 싫어하는 종류의 옷들의 수가 줄고 트레이닝복의 수가 많아졌다. 나의 옷장은 우리 집에서의 내 민주항쟁의 잔여물이다. 그러고 보면 자식이길 부모 없다는 말이 맞는 것 같다.

침대 옆에는 짙은 갈색의 피아노가 한 대 있다. 피아노는 6년째 쓰지도 않고 있다. 초등학교 2학년 때 피아노를 그만 둔 뒤 딱히 피아노를 칠 일이 없었는데도 불구하고 피아노는 치워지지 않고 내 방에 자리를 잡고 있다. 그래도 피아노는 제 구실을 다하고 있다. 피아노는 자기 머리 위에 내 어린 시절 사진이 담긴 액

자를 놀 공간을 제공해줄 뿐더러 가끔가다 보면 멋있어 보이기까지 한다. 그래서 이제는 내 방에서 없으면 정말 많이 허전할 것 같은 존재가 되었다. 아주 가끔가다 피아노 의자에 앉아 피아노 커버를 열고 건반을 두드려 보기는 한다. 그래도 너무 오랫동안 치지 않았던 지라 손가락이 마음대로 움직이지 않아 결국 얼마 못가 다시 피아노 커버를 닫게 된다. 그리고 나면 피아노 의자에 앉아 피아노 위에 있는 나의 사진들을 본다. 내가 애기였던 시절 머리 자르기를 무척이나 싫어해서 머리가 긴 모습, 유치원에 다니는 어린 꼬마였을 때 부모님 참관수업에서 리듬 체조를 한 모습과 유치원 수영장에서 물장구치는 모습 , 그리고 막 초등학교에 다니기 시작했을 때 생일파티를 한 모습을 담은 사진들이다. 그런 사진들을 보는 것은 참 흥미롭다. 지금의 나와 비교를 하자면 겉으로는 확실히 많이 달라 보인다. 그렇지만 나 자신의 느낌은 그때와 별로 바뀐 점이 없는 것 같다. 저 사진 속에 나와 지금의 내가 가지는 가장 큰 차이점은 살아가는 환경뿐이다. 분명 정신적으로나 육체적으로나 성숙해져 가는 것은 있지만 실제로 나와 저 사진 속에 나를 달라보이게 하는 가장 큰 이유는 나를 대하는 주변 환경의 변화이다. 내가 변했다고 하는 것은 대부분 다른 사람들이 나라는 사람을 그들이 만든 일정한 틀 안에 규정짓고 그들 마음대로 나의 모습이 그 틀에서 벗어났다고 하는 것에 지나지 않는다. 실제로는 나는 아직 나인데 말이다. 하지만 내 방은 그렇지 않다. 10년 째 그대로 같은 곳에서 똑같은 모습으로 그리고 똑같은 방법으로 나를 대해주곤 한다. 그래서 내 방에서만큼은 나도 아직 어린아이 일 수 있는 것 같다.

　방은 나의 공간이다. 어떻게 보면 나의 상상의 공간이기도 하다. 방 안에서 나는 왕도 될 수 있고 우주 비행사가 될 수도 있고 어린 아이가 수도 있다. 그렇지만 사는 동안 나의 공간에서만 살 수는 없지 않은가. 사실 가끔 아침에 일어나서 방을 나서기가 두려울 때가 있다. 세상은 나만의 공간이 나이기 때문에 내가 왕이 될 수도, 우주 비행사가 될 수도, 어린 아이가 될 수도 없다. 그러나 바깥세상은 '우리'들의 세상이므로 서로의 상상력이 부딪혀 새로운 사회를 만들어간다. 그 부딪힘에 맞서 살아나가지 않고 방안에만 있으려 하면 자칫 약해지는 수가 있다. 따라서 내 방은 단순한 휴식처가 아닌 세상으로의 첫 발판이 되어야 한다.

방 주위를 곰곰이 살펴보니 이상이 쓴 '날개'의 마지막 구절이 생각난다.

'날개야 다시 돋아라.

날자. 날자. 날자. 한 번만 더 날자꾸나.

한 번만 더 날아보자꾸나.'

소설 속 주인공에게는 자신의 방이 유일하게 자신에게 자유가 허용 된 곳이었다. 하지만 그 자유는 진짜 자유가 아니었다. 주인공은 자신이 처한 현실에서 벗어나고파 하였다. 혹은 자신의 방, 또는 자신에게 주어진 기회와 공간이 너무 답답했는지도 모른다.

나에게도 방은 쾌적하고 안락하다. 그러나 나는 그 소설 속 주인공과는 다르다. 나의 공간은 내 방에 제한되어 있지 않다. 언젠가 나는 겨드랑이에서 날개를 펼쳐 이 세상을 나의 꿈을 이루어줄 수 있는 나의 공간, 나의 방으로 만들 것이다.

그 뜨거운 품에
다시 안기고픈

윤희상

미인(美人)

가로등의 불빛이 딸깍
순식간에 아스팔트길은
군청색 어둠에 잠겨버리고
엊그제 심어둔 민들레만이
고개를 빳빳이 들고 빛난다

가로등의 불빛이 딸까~악
늘그막의 노파들이 남긴 한숨이
차례차례 더해지고
나무꾼이 등지고 간 햇볕이
조심스레 퍼져나가
다시금 밝아오는 아스팔트길

민들레의 불빛이 딸깍
잔주름이 가득한 꽃치마
하늘하늘 철쭉의 향기가 핀
우물가의 아낙네

가로등의 불빛이 딸, 따알~깍
어둠뭉치를 뚫고 흐르는
겹쳐진 육안의 미
민들레의 빛과
미인의 눈

스케치북

귀퉁이가 낡은 스케치북에
내가 아는 너를 그린다
빨간 초록 파랑 노랑
물감을 잔잔히 풀어
얽혀있는 실타래를 푼다

하나하나
드리워지는 기억의 끈
사르르르
떠내려가는 추억의 냄새

색깔의 칼날 위에 서서
한없이 담구는
피로 물들은 머릿결

온몸이 상처인 스케치북에
내가 기억하는 너를 그린다
보라 검정 연두 하늘
물감을 잔잔히 엮어
너와 나의
너와 나의 끈을 푼다

큐빅

난 철저히 혼자다
구 곱하기 구의
아크릴 큐빅 안에서
그림자를 먹는 나

난 철저히 하나다
정사각형의 한 면이 되어
스스로를 노려보는 나

난 철저히 관찰자다
큐빅의 모든 면을 관통하는
입체가 되어버린 나

난 철저한 큐빅이다
자연을 거스르지 않는
만물의 큐빅이다

하고 싶다

입안에 가득
달달한 사탕을 물고 싶다
시간이 가는 줄 모르고.

그이와 악수하며
웃으며 그렇게
처음처럼 화해하고 싶다
아무 일 없었던 듯이.

줄줄줄 적나라한 소리와
심장이 터질 것처럼
가슴 밑바닥까지
울음으로 게워내고 싶다
모든 걸 토해내듯이.

촉촉하고 보드라운
사랑을 받고 싶다
내가 사랑하는 사람들에게서.

그리고 이제
사랑을 주고 싶다.
날 사랑하는 사람들에게

퇴보(退步)

차가운 냉수
목 저편까지 왈칵
들이켜 마시고
어두운 밤하늘에
꽃잎을 뿌린다

똑같은 것을
바꾸려던
어리석은 나의 걸음은
몸서리치는 추위에
뒤를 향하고

치닫는 곳에는
저번과 같은
나의 울음이 있다

사랑과 쾌락 사이

그래요 내가 언제
그 사람을 사랑한다 말했었지요

혀끝으로 진하게 감아올리면
그게 사랑인 줄 알았었지요

미칠 듯 그 사람을 갈구하면
그게 사랑인 줄 알았었지요

미간에서, 인중을 지나, 가슴을 수직으로 긋고
배꼽을 지나, 주루룩 미끄러져 내리는 손 끄트머리

그 옛날 나는
그 손길이 사랑인 줄 알았었지요

투명인간

당신 앞에만 서면 나는 투명인간이 되고 말죠
손을 뻗어도 당신을 잡을 수 없고
다가가도 옷깃에 나의 추위를 토로할 수 없고
소리쳐 불러도 누구에게도 들리지 않고
그렇게
나는 전신이 투명이 되고 말죠

당신 곁에만 있으면 나는 투명인간이 되고 말죠
말을 걸어도 들리지 않고
쓰다듬으려 해도 손이 움직이지 않고
그렇게
나는 가슴까지 투명이 되고 말죠

채우려고 해도 채워지지 않는 가슴과
메우려고 해도 메워지지 않는 육체는
가끔은 많이 닮아 있어요
나의 가슴과 육체는
그대가 사라질 때까지 투명이겠죠

나그네

팔도명산 줄줄이 오르며
붓으로 하늘을 그리는 나그네
외줄을 타며 백두를 왔다갔다
백록담을 퍼마시고 땅으로 먹루를 갈고
연꽃을 휘날리며 흥을 즐긴다는
살구 빛 늠름한 초가집 나그네

야밤이면 어떠하랴
별을 따다 밭을 메우고
달빛을 모아 이백의 시를 읽고
밤하늘의 어둠을 모아
마패 달린 청포를 만든다는
복숭아 빛 멀쑥한 초가집 나그네

드리워라 드리워라
한없이 그리 지내노라
하늘과 땅과 인간과
말없이 섞이며 말없이 지내노라
휘황하니 맑고 맑은 초가집 나그네

열한번째 이야기
01082501745

떨리는 손을 애써
심장으로 전이되는
무수한 전율을 애써
아무것도 아니라는 것처럼
그렇게 미소 짓고 거는
전화번호 01082501745
무슨 일이 있었던 건지
이게 네 번호는 맞는 건지
당최 받지 않는 수화기에
침을 퉤 뱉는 어린 신사

받을 수 없다면 그래야겠지
이해하는 척 수화기 너머로
일그러진 너의 모습을 쳐다본다
그래서일까 포기할 수 없어
실핏줄을 세우고 거는
전화번호 01082501745
미련 없는 기대에
받지 않는 어둠의 통신
영원한 연결음에
한숨을 뱉는 고독한 신사

열두번째 이야기

성역(聖域)

흰 면사포에 감긴
짙푸른 펜던트
휘감긴 무늬 위에
넘실대는 성령의 잎사귀
아무리 몸서리쳐도
벗어날 수 없는
성역의 이름

한없이 뻗은 십자가 꼭대기에
하늘하늘 매달린 순백색 리본
바람결에 불어 날릴 때마다
풍겨오는 수녀의 체취
아무리 달래 봐도
돌이킬 수 없는
성역의 기도

먹물로 물들이는
흰 면사포
비로 적시는
어둠의 십자가
눈물로 축축이 눌어붙은
가로수 건너편 성역의 길.

넋

변두리의 상처를
독한 알코올로 지운다
텁텁한 맛이 나는
과자를 으깨 먹는다

눈이 이상한 걸까
상처가 덧난 걸까
어딘가로 비춰 보이는
끝없는 너의 얼굴

하늘을 가르는
미역 빛 산들을 보며
마냥 푸르다고 좋아했는데
어김없이 널브러진
너의 눈매, 너의 냄새
어디까지 가야
지워낼 수 있을까

넋을 잃고 바라보는
쓰라린 저녁노을엔
너의 괴이한 미소만이
나의 눈을 적신다

어디가 고장 난 걸까
온천지가 너인데
온 세상이 너인데
말없이 상처를 닦는
곰팡이 핀 나의 얼굴.

J

포개어진 두 손
그 위에 뜨거운 내음을
식지 않기 전에 올린다

반짝 빛나는 바다 물결이
마치 이곳에서 되살아날 것 같아
마주 앉아 미소 지었던
뜨거운 여름날의 손가락

아직 잊을 수 없어
멀리 사라진 계절을
물끄러미 바라보며
작게 숨소리 치는
너에게, J에게 주는
마지막 선물

카오스

빨려 들어가는 느낌
나의 털끝 하나까지도
감정 하나까지도
뺏어버리는 느낌

그 엄청난 걸 짊어지고
또 나에게 주어진 삶은
지극히 쓰라리고 무겁다
소용돌이의 비상한 소리에
차마 도망가지 못하고
발이 묶여버린 나는
수많은 아우성 속에서
아무도 모른 채
밟혀 죽는다

잡아먹히는 느낌
누군가 날 만지고
누군가 날 이빨로 씹는 느낌
누군가
날 없애려고 하는 느낌

피날레

떠날 수만 있었다면
언제든 자리를 박차고 나가
네온사인을 몸에 두를 수 있었을 텐데
감출 수만 있었다면
카멜레온으로 위장해
나의 흉측함을 가릴 수 있었을 텐데

마지막까지
나의 모든 것을 움켜쥐고
끝내 아무것도 풀어주지 않았던
미천한 사랑의 연극이야기.

동화처럼

쓰라린 바닷가의 푸른 내음이 풍긴다. 넓디넓은 검은 모래밭 위에 나 혼자 서 있다. 어디로 가야 할지 모르는 늦은 밤의 바닷가. 쓸쓸한 내게 말동무는 구슬피 우는 올빼미 떼 밖에 없다. 문득 며칠 전의 나를 기억한다. 복숭아 통조림 같던 나의 모습. 촉촉해서 미끄러워서 어디로 튈지 몰랐던, 그래서 나 자신을 주체할 수 없었던 그런 하루하루. 하지만 그땐 중심이라는 게 있었지. 동화 속의 주인공처럼, 틀에 박혀 재미는 없었지만 하루아침에 벼락처럼 바뀌지 않았던 안정적인 모습. 나만의 그 응어리가 빚어낸 중심은 나를 점점 옭아매면서, 너를 사랑할 수밖에 없었던 이유를 만들어 내었지. 넌 나의 미끈거리는 몸을 한없이 감싸 안으며 내가 가진 상처를 막아내려고, 그렇게 애썼다. 누가 누굴 위해 공존하는 걸까. 내가 너를 위해 한없이 초승달 밤의 눈물을 흘리며 흐느끼는 문체로 편지를 써 내려가는 걸까, 아님 네가 나를 위해 쓰라린 통증을 한 땀 한 땀 정성스레 박음질하는 것일까. 다시금 바닷가의 우렁찬 고동 소리가 울려 퍼진다. 현재의 나, 지금의 나, 그 거대한 수식어가 모든 것을 흔든다. 생각해보면, 기억도 추억도, 어릴 적 나만이 가지고 있었던 환상도, 한낮 내가 가졌던 어리석은 생각 중 하나였을 뿐일 텐데. 아직도 그런 것들에 기대어 한없이 그런 것들에 빠져버리는 내 자신이 너무 밉다. 이것이 내가 가진 틀인 것인지, 한계라는 건 결국 이런 것이어야 하는지, 세상 만물의 이치에 대한 깊은 고뇌가 바람결에 스쳐 나의 심장을 파고든다.

하지만, 그렇지만 난 한없이 비틀거릴 뿐, 그저 그렇다고 고개를 끄덕이며 이해해야 할 뿐, 널 찾아 내 기억에 숨어 있는 그 사람들을 찾아 떠날 수는 없다. 현재의 나, 지금의 나의 눈망울을 만든 그 어둠이 나를 얼마나 더 차지할 지, 아직 감당할 순 없지만 내가 그를 찾았을 땐 아마 더 큰 공포가 날 조이고 있을 것이었다. 한없이 미안하고 비틀거렸다. 끝없이 꾸물꾸물. 허물을 벗지 않은 구렁이 마냥 땅에서든 풀밭에서는 심지어는 바다에서도 사랑했지만 아무것도 해 줄 수 없었던, 그래서 그대를 울릴 수밖에 없었던 나의 비참한 모습을, 그 모습이 어쩔 수 없이 난 미안했던 것이다. 축축한 바닷가의 내음을 온몸으로 뿌리치고 차가운 나의 공간으로 들어간다. 까만 색 벽돌로 지은 오래된 집. 냉랭한 기운이 흐르는 그 방바닥을 마치 나의 모든 것이라도 되는 듯 이래저래 쓸어본다. 늘 이맘때 즈음이면 너와 이 공간에서 단 둘이 손잡곤 했었지. 마치 나의 감정이 너에게로 전이되는 것처럼. 서로 불행했었지만, 그게, 그게 오히려 우리에겐 행복이었을지도 몰라. 창 밖에 빗방울이 어려 있는 것도, 구슬픈 음악이 카세트테이프에서 끝없이 흘러나오고 있는 것도 듣지 않은 채 서둘러 벽장에서 캐리어를 꺼낸다. 스트라이프 무늬가 곱게 새겨진 그 캐리어. 순간 온몸의 전율이 이따금 나의 머리를 아프게 한다. 벽장에선 수박 냄새가 난다. 그래 수박, 여름날이면 주저 않고 먹었던, 너의 입술에 묻은 점 같은 씨앗들이 하나 둘 떨어지며 장렬한 죽음을 선보이는 고통의 과일, 내게 남은 기억이란 이런 것뿐이었던 거야. 망설이지 않고, 더 이상 내게 주체할 시간이 없다는 것을 안 순간 다시금 나의 몸은 캐리어로 향한다. 이제 여기에 모든 기억을, 아니 사랑을, 담아 멀리멀리 떠나야 하는 것이었다. 그것은 운명이라고 하기엔 너무나 소박했지만 하나의 능동적인 행동으로 취급하기에는 너무나도 갑작스럽고 당연하게 여겨지는 것이었다. 캐리어를 활짝 연다. 나는 닥치는 대로 캐리어에 이것저것 집어넣기 시작했다. 거울이 없어 내가 어떤 표정을 짓고 있는지, 거울 따위는 좋아하지 않아 내가 어떤 생각을 하고 있는지 조차 알 수 없었지만 난 절대 울상 짓지 않았다. 네그리가 말했었지, 좋아하는 사람과 함께 있어 연대를 만들면 의지가 충만해지며 행복해지는 것이라고. 나도 날 좋아하는 사람을 위해 내가 좋아할 만한 행동을 취하는 것뿐이야, 그렇게 믿고 있었기 때문에 울상 지을 일은 전혀 없었던 것이었다. 수첩, 필통, 바나나, 감기약, 여러 권의 시집이 차례로 캐리어에 박힌다. 문득 어느 순간에 카메라가 집힌다. 몹쓸 기계. 사진을 남긴다는 것, 그것이 얼마나 영악한 짓인지 나는 이 일생을 통해 알게 된 것이었다. 추억의 순간을 기억한다, 그것만큼 상처가 벌어지는 일은 없었다. 너와 나의 사진이 의미하는 것은 결국 내가 얼마큼 너에게 미안해야 했는지, 그 상처의 대가를 증명하는 것이었고 나에겐 이제 그것이 무용지물이었다. 카메라를 있는 힘껏 내던지려 했으나 팔뚝엔 이미 힘이 없어진 지 오래였다. 나약하게 카메라를 응시한다. 지금의 나의 모습을 남겨줘, 차갑게 렌즈를 들이미는 카메라에게 속삭인다. 나의, 지금 나의 이 신경 하나하나를 찍어줘. 그래서 나중이라도 내가 얼마나 잘못한 선택을 했는지 알 수 있게 말이야. 나는 카메라를 그 자리에 놔두기로 했다. 버릴 수 없는 것, 던질 수 없는 것이라면 차라리 그 자리를 그대로 유지할 수 있게 해주는 것이 최선의 예의라고 생각했기 때문이었다. 다음은 핸드폰이었다. 금색 반짝거리는 장식물이 화려한 핸드폰. 핸드폰에서 검은 빗물의 냄새가 났다. 혹시 그것은 나의 눈물이 아니었을까, 너의 미천한 죄인으로 대변되는 나의 눈물비는 아니었을까. 아니 그랬다면 나는 이 핸드폰을 집어 던질 수 없을 것이었다. 핸드폰도 카메라도 그 못돼 먹은 기계덩어리들도 그저 제자리에 남겨두기로 했다. 어차피 내가 떠나면 이것들은 주인 없는 것이 될 것이었고, 그건 나로서 벗어났다는 증거였으니까 말이다. 갖가지 잡스러운 물건으로 꽉 찬 캐리어에 마지막으로 사진을 한 장 껴둔다. 울지 않겠다고 다짐했던 바로 그날 찍었던 너와 나의 마지막 사진. 마지막이라는 말은, 결코 안쓰럽다거나 울적한 말은 아니지만 아마 나의 마지막이란 말에는 다시는 만날 수 없다는 말이 포

함되어 있었던 것 같다. 그리고 넌 그 사진에서도 울고 있었지.

캐리어를 끌고 집을 나선다. 축축한 공기와 쌉쌀한 내음. 아무것도 아쉬울 게 없는 밤이었다. 캐리어가 쿠릉쿠릉 바닥에 끌려 괴이한 소리를 낸다. 징그러운 소리. 이 세상의 모든 소리란 소리는 다 내 품으로 끌어오고 싶었다. 소리가 내 마음을 흔든다. 그건 마치 갈대처럼, 아니 그보다 더 가는 물질처럼 소리 없이 아프게 흔들린다. 아무것도 그 흔적은 남지 않지만 흔들었을 것이라는 기억만큼은 확실하다. 얼마나 끌었을까, 어두운 바람을 스쳐 지나가 나의 자동차에 도착한다. 날 어디론가 끌고 가줄 영원의 도구. 아무렴 버릴 수 없던 기계가 바로 이 녀석이었다. 사랑할 수 없게 만든 것도 바로 이 녀석이었고, 내가 아플 때 기분을 풀어 줄 만한 것도 이 녀석이었다. 그리고 이제는 내 모습을 남기지 않기 위해 이 녀석을 쓴다. 조심조심 차에 오른다. 운전대를 잡으니 모든 것이 실감이 난다. 말이 아니라 행동으로, 라는 그가 자주 썼던 말이 기억난다. 그래 이제 난 행동으로 나의 모습을 지우는 거겠지. 빠방- 하고 걸리는 시동의 소리는 곧 나만의 경적 소리와 동일시되는 것이었다. 눈은 떴지만 마치 뜨지 않은 것처럼 액셀러레이터를 마구 밟으며 아무 곳으로나 달린다. 이 차선이든 삼 차선이든 내가 갈 수 있는 곳이라면 어디든지, 아니 남이 갈 수 없는 곳이라면 어디든지- 그리고 그걸 난 자각하지 않은 것처럼, 마구 달린다. 아무런 지도도, 약도도 주어져 있지 않는 미지의 세계- 그것은 환상을 탐구하는 동화가 아니라 거친 돌밭을 뛰어다니는 미개인의 함성이었다. 그리고 나는 이제 사람들의 이해 속에서 완전히 벗어나기 위해 이렇게 아프게 달리고 있는 것이었다.

이 다음 일은 전혀 예기치 못한 일 중 하나였다. 어쩌면 무의식 중 나는 이렇게 생각했을지도 모르겠다. 하지만 결과적으로 난 원하지 않았으며, 더군다나 이런 곳으로 가고 있다는 것조차 알지 못했다. 왜지? 난 이성적인 사람일 텐데. 머리가 몸을 집어삼켜 이제 눈물 따위 나오지 않는 사람일 텐데. 무엇이 좋았다고 나는 액셀러레이터를 따라 그의 집으로 와 버린 걸까. 밝은 형광등만이 그의 집 창문을 게슴츠레 비추고 있었다. 그 다음, 그 다음 다음의 일도 나는 무의식중에 행해버린 것이었다. 그리고 이제 이성 따따위는 내게서 벗어나고 다시금 암울한 눈물이 눈앞을 가로막아버린 것이다. 의외의 일 중 하나였다.

문득, 캐리어 속에 포스트잇이 있던 것이 기억이 났다. 왜 그런 것이 기억났는지는 모르겠지만 갑작스레 그렇게 알았다. 떨리는 손으로 캐리어를 차에서 빼내 열었다. 노란색 포스트잇 대 여섯 장이 캐리어 안에서 나뒹군다. 눈썹 밖으로, 한없이 찌릿한 눈물이 흘러내린다. 무작위로 아무 펜이나 꺼낸다. 길고 얇은 검정 펜. 네가 나의 생일날 사줬던 그 펜. 이제껏 참아왔는데, 이제껏 아니라고 해왔는데 왜 이제야 나는 미련의 눈물을, 마치 그것이 원래부터 있었던 것처럼 흘리고 있을까, 두려웠다. 마지막으로 그에게 편지를 남기고 싶었다. 미련과 회한이 가득 담긴, 너와 내가 이렇게 끝났다는 그런 편지를. 펜으로 마구 휘갈긴다. 엉성한 나의 글씨체로, 그녀가 좋아하지 않던 그 글씨체로 포스트잇에 마구 휘갈긴다.

– 사랑이란 거, 그게 너한테는 그렇게도 중요한 거였니?

– 그래, 중요해. 처음부터 지금까지 항상 중요했었어, 나에겐.

– 그렇게 중요한 거였음 처음부터 좀 챙겨보지 그랬니? 그럼 나한테 했던 건, 다 실수고?

– 미안, 정말 미안하다고 했잖아. 미안하다는 거, 그거 쉬운 말은 아니었잖아.

– 너의 모습 보고 너의 얼굴 읽는 것, 이제 지겨워. 나도 한없이 울어야 하는 거, 이제 싫어.

– 그만 울어도 되잖아. 조금 덜 울고 조금 덜 신경 쓰면, 그럼 다 되는 거

아냐?

— 아니, 넌 네가 하는 행동들이 다 옳다고 생각하지? 내겐 너의 미안함도
   옳지 않은 걸로 보여.

— 그래서, 넌 날 사랑하지만 사랑할 수 없다는 그런 말이야?

— 아니, 이제 사랑하지 않아. 눈물 있는 사랑은 결코 행복하지 않아, 이제
   알았어, 이제야

— 그래, 그래, 미안하단 말도 나도 이제 지겹다고— 넌 그 말을 해 본적이
   나 있었니!

　편지를 어떻게 썼는지, 내가 대체 이 사람한테 뭐라고 말을 주절거린 건
지 하나도 기억나지 않는다. 머릿속을 훑고 지나온 것은 오직 그와 내가 마
지막으로 나눈 전화 통화. 신랄한 비판, 서로가 서로를 사랑하지 않는다는
결론으로 치달은 우리들에게는 이별만이 기다리고 있었다. 그런데, 그는,
그렇게 이별을 통보하고서도 끝없이 날 기다리고 있었던 것이었다. 매일
울면서— 물론 그 울음은 유치한 어린 아이의 것은 아니었다— 매일 무언가
를 끼적거리면서 그렇게, 외롭게 날 기다리고 있었던 것이었다. 왜일까, 나
는 그것도 잊은 채 이토록 무심하게 세월을 보내고 이제와 편지 따위를 적
으며 옛날의 절망의 파편들을 뒤적이고 있는 것이다. 편지를 대충 그의 집
대문 앞에 붙이고, 그와 찍은 마지막 사진을 그 아래 내려둔다. 그의 울음
이 마지막으로 내게 전달되는 그 순간이 지금 이길 바라면서 입술을 꽉 깨
물고 자동차에 올랐다.

　한없이 액셀러레이터를 밟았다. 이대로, 이대로 우는 그를 지나쳐 내 모
습을 지워버리고 싶었다. 멀리 떠나가서 그가 보이지 않는 곳으로, 아무도
찾지 않는 곳으로 숨어 내 부끄러운 얼굴을 덤불 속에 가려버리고 싶었다.
세상이 내게 원했던 것은 뭘까, 사랑이었을까 아니면 머리를 싸매며 고민

에 깊이 빠져야 하는 그런 공포의 행위였을까. 내가 이곳을 떠나버린다고 해서 영원히 나는 자유로울 수 있을까.

먹구름이 낀 하늘의 모습이 백미러에 비쳤다. 아울러 나의 추악한 얼굴이 거울에 비쳐 반짝거렸다. 어디까지가 나고, 어디까지가 그인지 모르는 그 엄청난 거울 속에는 지우고 싶은 나의 모습이 통째로 들어있었다.

이제는 복숭아 통조림도 아니고 바나나도 아니다. 이렇게 바람을 쐬며 난 저 멀리 떠나간다. 그도, 그의 친구도 아무도 찾지 못하고 아무도 찾으려 할 수 없는 그 어딘가 머나먼 곳으로 난 멀리 떠나간다. 그러니 그대여, 제발 날 보내고 울지 마세요. 울음이 많아질수록 나약해지는 인간의 모습은 거짓이에요. 날 찾지 말고 그 울음을 빨리 거둬요. 울음을 훔치는 그 모습을 난 평생토록 사랑할 수 있을 것 같아요.

액셀러레이터를 더욱 더 세게 밟는다. 안개와 먹구름과 검은 빗물을 지나 부우--웅 하고 구른다. 강한 스피드와 함께 엄청난 괴력이 등장한다. 순간 쾅 하며 어딘가로 들이받는다. 이어 펑 하는 이상야릇한 소리로 폭발음이 시작된다. 하지만 한 여자는 그 슬픈 행위들을 끝낼 수 없었다,

– 동화처럼, 그렇게 동화처럼만 헤어지자.

최재훈의 '비(悲)의 랩소디'를 들으며